GEREON LUKASH
Zweiter Fall

KONSTANTIN ZAZULA

UMWELTSÜNDEN

Konstantin Zazula

KONSTANTIN ZAZULA

Mehr Informationen unter:

www.konstantin-zazula.com

www.konstantin-zazula.com/newsletter

Dies ist ein Werk der Fiktion. Namen, Personen, Orte und Begebenheiten sind entweder Produkte der Fantasie des Autors oder werden fiktiv verwendet. Jede Ähnlichkeit mit tatsächlichen lebenden oder toten Personen, Unternehmen, Firmen, Ereignissen oder Orten ist rein zufällig. Die Verwendung von realen Firmen- und/oder Produktnamen dient nur dem literarischen Effekt. Alle anderen Warenzeichen und Copyrights sind Eigentum des jeweiligen Inhabers.

Dieses Buch enthält sexuell eindeutiges Material, das nur für erwachsene Leser geeignet ist.

Umschlagbild: www.123rf.com

© Robert Schneider

KONSTANTIN ZAZULA

WIDMUNG

Dieses Buch widme ich meinem „Großen Hasen"!
Der immer an mich glaubt und mich unterstützt.

Ich liebe Dich!

KONSTANTIN ZAZULA

Inhaltsverzeichnis

Anreise

Strahlend blauer Himmel über dem Hafen. Das weiße Fährschiff gleißte in der Sonne, als der Bus mit den Urlaubern vorfuhr. Gereon stand der Schweiß auf der Stirn. Vier Personen, mit Koffern und Rucksäcken, zu koordinieren, streßte ihn.
Melinda fuhr Paul und Felix an, weil diese nicht an ihrer Seite blieben. Felix brach in Tränen aus. Gereon kniff die Augen zusammen und bemühte sich, die Koffer unfallfrei die Gangway heraufzurollen. Oben angekommen entspann sich eine Diskussion darüber, wo man sitzen wolle.

„Nach vorn", riefen Felix und Paul.

Also rollte und schob Gereon das Gepäck in Richtung Schiffsbug mit der großen Panoramascheibe. Lieber wäre er draußen geblieben, aber Melinda war der Wind zu stürmisch.

Gereon fiel in den Sitz und Melinda fauchte die Jungs an, sie sollten sich jetzt endlich hinsetzen und bitte den Mund halten, sie hätte Kopfschmerzen. Dies führte zu weiterem Geschrei und Tränen. „Kümmerst Du Dich mal um etwas?", wurde Gereon von seiner Frau angefaucht. Er atmete tief ein und mußte würgen, es roch sauer nach Kotze.

Er beugte sich zu den Jungs herunter und mußte sich selbst zurücknehmen. Gereon war gestreßt und wollte es nicht, wie seine Frau, an den Kindern auslassen.

„Es riecht nach Kotze", sagte Felix mit verheulter Stimme.

„Kommt Männer, wir gehen uns das Schiff anschauen. Bleibst Du bei unserem Gepäck, Schatz?" fragte Gereon und Melinda nickte.

Draußen an Deck war es stürmisch, außer ihnen war keiner dort und trotz des starken Windes stank der schwarze Qualm aus dem Schiffsschornstein erbärmlich. Das Schiff schwankte stark, sobald es das Hafenbecken verlassen hatte.

Schnell wurde der Hafen hinter ihnen immer kleiner. Der Wind stärker und der Seegang heftig. Die Gicht spritzte ihnen in das Gesicht und ein Matrose kam und signalisierte, sie sollen unter Bord gehe.

Gereon mußte seine Söhne an der Schulter festhalten, als sie die Treppe hinabstiegen. Trotzdem schlugen sie rechts und links gegen die Wand des Treppenhauses. Im Inneren des Schiffes fand Gereon es wieder stickig und den Geruch säuerlich.

Felix meinte, „mir wird so komisch!"

Paul bestätigte dies und auch Gereon merkte eine leichte Übelkeit. In diesem Moment rannten sie in eine Frau hinein. Das Schiff schlingerte und alle fanden sich auf dem Boden wieder. Dem dreckigen Boden, wie Gereon sofort angeekelt bemerkte.

Die hübsche Frau hatte instinktiv nach einem Halt gegriffen und dabei Gereon erwischt, der sich aber als keine stabile Rettung herausgestellt hatte.

Als sich alle wieder aufrappelten, ergossen sich laute Beschimpfungen auf Gereon und seine Söhne.

„Entschuldigung, ich verstehe Sie nicht", sagte Gereon und wiederholte danach auf Englisch, „*Sorry, I don't understand you.*"

Die Frau stricht sich ihre langen, blonden Haare aus dem Gesicht und beruhigte sich etwas, „kein Problem, es ist nichts passiert. Passen Sie beim nächsten Mal einfach besser auf", sagte sie scharf und auf perfektem Deutsch. Dann beugte sie sich nach unten und band das Riemchen um ihren Knöchel neu, der sich gelöst hatte. Sie drehte sich um und schritt in ihren goldenen Sandalen die Treppe hoch zur Bar.

Felix und Paul waren empört, „Unverschämtheit!", erhitzten sie sich zu dem Thema, „wir waren überhaupt nicht schuld.“

„Die Tussi hat uns umgerissen.“

„Jungs, kommt mal runter. Lassen wir uns den Urlaubsstart nicht vermiesen. Wir gehen zur Mama", beruhigte Gereon seine Söhne und vorsichtig, das Schlingern des Schiffes ausgleichend, gingen sie zu ihrem Gepäck zurück.

Kaum waren sie unten angekommen und ins Blickfeld von Melinda getreten, sprang diese auf, hielt sich die Hand vor den Mund und rannte in Richtung der Toiletten davon.

Der Blick aus der Panoramascheibe war großartig, die hohen Wellen des Seegangs spitzten die Gischt gegen die Scheibe. Das Schiff hüpfte bei jedem Wellengang und die Leute stöhnten und bemühten sich nicht einmal zur Toilette zu kommen, kotzten am Sitzplatz auf den Boden.

Der Gestank, das Schaukeln des Schiffes und die würgenden Geräusche der Mitreisenden führten dazu, daß auch Gereon übel wurde. Er drückte die Gesichter seiner Söhne an seinen Körper und sagte, „wir müssen an etwas anderes denken. Konzentriert Euch nicht auf die Wellen.“

„Können wir nicht woanders hingehen?“, fragte Paul,

„Mama findet uns dann nicht mehr und das Gepäck können wir nicht allein lassen. Wenn ihr im Schliff bleibt und nicht nach draußen geht, dann lauft herum. Aber vorsichtig sein!“, sagte Gereon und setzte sich neben die Koffer und rief hinter seinen Söhnen noch einmal her, „nicht nach draußen gehen! Hört Ihr!“

„Können wir ja sowie nicht“, rief Felix über die Schulter und Paul ergänzte, „alle Schotten dicht!“ Dann waren die zwei zwischen den anderen Reisenden verschwunden.

Gereon hoffte nur, daß die Fahrt schnell vorübergehen würde, aber es war die längste Stunde seines Lebens. Nur mit Mühe schaffte er es, den Inhalt seines Magens in sich zu behalten.

Als sie in den Hafen einfuhren, atmete er vorsichtig auf, war aber auch beunruhigt, da Paul und Felix noch nicht zurück waren.

„Du hättest sie nicht allein gehenlassen sollen!", sagte die angeschlagene Melinda zu Gereon.

Der zuckte mit den Achseln, „was sollte ich machen. Hier konnten sie nicht bleiben. Die einzige Chance, daß sie sich nicht übergeben müssen, war sie in Bewegung zu halten."

Aber da kamen die beiden auch schon ausgelassen angerannt. Die Übelkeit schien vergessen. „Wir haben Detektiv gespielt", rief Paul begeistert.

„Sie haben sich geküßt", krähte Felix.

Melinda verzog das Gesicht, „schön! Können wir jetzt aus dieser stinkenden Sardinenbüchse heraus?"

Als die Jungs um Gereon herumtanzten, rief ihre Mutter, „habt Ihr Eure Rucksäcke? Nun laßt den Papa in Ruhe! Felix, komm zu mir. Paul geh zu Papa an die Hand." Felix fing an zu heulen und riß an Melindas Hand, um wegzulaufen, „nein, mein Freundchen. Du bleibst hier!"

„Wir haben wirklich gesehen, wie die sich geküßt haben", sagte Paul, als er mit seinem Rucksack an die Seite von seinem Vater kam.

„Wer?", fragte Gereon und Melinda rief, „Ruhe jetzt! Raus jetzt!"

Keiner sagte mehr ein Wort, als sie an Deck stiegen und dort in die helle Sonne traten. Der Wind blies auch hier heftig, aber das Boot lag geschützt im Hafen. Auf der Gangway drehte sich der Wind und der schwarze Rauch des Schiffes vernebelte ihre Sicht. Die Übelkeit war noch nicht weg und jetzt, mit dem ekelhaften Ölruß-Geruch, kam es Gereon hoch und er konnte nur mit äußerster Willensanstrengung und heftigem Schlucken das Übergeben verhindern, als immer mehr Wasser in seinem Mund zusammenlief.

Melinda und Gereon zogen die widerstrebenden Kinder hinter sich her, zum wartenden Bus. Hotel Paradies stand in großen

Buchstaben auf dem Schild, das an der Busseite aufgeklebt war.

Beleidigt setzten sich Paul und Felix in eine Sitzreihe, Gereon und Melinda nahmen die Reihe hinter den Burschen. Gereon schloß die Augen und legte den Kopf zurück. Im Flugzeug war alles noch gut und angenehm gewesen. Jetzt zeigte sich die Übermüdung nach dem frühen Aufstehen, mangelndes Essen und Trinken und das Unwohlsein auf der Fähre, der ekelhafte Rauch vom Schiff. Keiner sagte etwas, bis der Bus sich in Bewegung setzte.

Die Landschaft war spektakulär, die Straßen schmal und wenig befahren. Der Busfahrer fuhr auf jede schmale Kurve mit Höchstgeschwindigkeit zu, bremste nicht ab, hupte und hoffte darauf, daß ihm niemand entgegenkam, wenn er die Kurve schnitt. Die Stoßdämpfer des Busses waren defekt. Bei jeder kleinen Bodenwelle wurden sie hin- und hergerissen. Gereon schlug mit dem Kopf gegen die Fahrzeugsäule.

„Auch das noch", fluchte er.

Felix und Paul juchzten, „das ist wie Achterbahn fahren!"

Melinda sprach das aus, was Gereon dachte, „oh Gott, hoffentlich überleben wir die Fahrt!"

Hotel Paradies

Nach der furchtbaren Anreise hoffte Gereon bald am Hotel anzukommen. Ihm war so schrecklich übel. Gleichzeitig graute es ihm jedoch vor der Ankunft. Was würde sie vor Ort erwarten? Nach der schrecklichen Fähr- und Bustour konnte es doch nur noch besser werden! Oder?

Der Bus hielt vor dem Hoteleingang. Dahinter fiel der Berg zum Meer hin ab. Als Gereon auf wackeligen Beinen aus dem Bus stieg, blickte er durch eine große Glasfront, direkt auf die abschüssige Hotelanlage. Ein Blütenmeer, wie ein tropisches Paradies, dazwischen die weiß-braunen Hotelgebäude und im Hintergrund flimmerte das stahlblaue Meer. Wunderschön!

Alle Gäste sagten, „Oh und Ah!", und Gereon merke, wie sich in seiner Familie die Stimmung wieder entspannte. Die Kinder waren weniger zappelig, als sie in der Schlange vor der Rezeption warteten und Melinda war weniger zickig, nahm den Begrüßungssekt und ging die Aussicht genießen.

Das große Familienzimmer war in einem Gebäude, am Ende der weitläufigen Hotelanlage. „Schau mal hier", und, „schau mal da!", begeisterten sich Felix und Paul, über die bunten Blüten und die Vögel in den Büschen und Palmen. Das Zimmer lag direkt an der Steilküste, der Balkon ragte darüber hinaus und bot einen wunderbaren Blick über das Meer. Auch hier war der Wind noch stark und die Wellen brachen laut an den Felsen, unter dem Balkon.

Gereon nahm Felix und Paul zur Seite, „solange Ihr die Anlage nicht verlaßt, dürft Ihr herumlaufen. Aber! Ihr klettert auf keine Mauer und auf keine Brüstung. Schaut zum Meer hinunter.

Wenn ihr dort hineinfallt, dann finden wir Euch nie wieder." Ernst nickten die Jungs zu dieser Ansprache und wurden dann entlassen, damit die Eltern in Ruhe die Koffer auspacken konnten.

Melinda nahm Gereon in den Arm, „wunderschön. Wir sollten morgen Wein und eine Kerze kaufen. Wenn die Kinder im Bett sind, können wir hier draußen sitzen und auf das Meer und den Mond schauen."

„Wie romantisch Du sein kannst", sagte Gereon und küßte seine Frau, „das machen wir so. Ich freue mich darauf."

Nachdem alles verstaut war und alle geduscht und umgezogen für das Abendessen fertig waren, machten sie einen Spaziergang durch die Hotelanlage.

Es war wie im Prospekt beschrieben und wie der Hotelname versprach, ein Paradies. Alle Wege von Blumen und blühenden Büschen gesäumt, die Pools in Terrassen, mit wunderschönem Meerblick, angelegt. Wenige Menschen waren unterwegs, alle strebten dem Restaurant entgegen.

„Kann man auch im Meer schwimmen gehen?", fragte Paul.

„Ja, ich schwimme gerne in den Wellen!" meinte Felix, „und Sandburgen bauen, möchte ich."

„Keine Ahnung", gestand Gereon, der von den Bausünden und der Hilfe für Gérôme zu eingenommen war, um sich mit dem Hotel und dem Urlaub zu beschäftigen. Er schaute zu seiner Frau hinüber.

„Ich glaube, es gibt hier einen grobkörnigen Sandstrand am Rande des Dorfes", sagte sie unbestimmt und ergänzte, „ich bleibe sowieso hier am Pool. Ich habe einige SPA-Anwendungen, die ich im Thalasso ausprobieren möchte. Die Insel dürft ihr Männer gerne allein erkunden. Ich brauche keinen Streß, den habe ich zu Hause."

Gereon atmete tief ein und die Luft war süß vom Duft der vielen Blüten. Er machte ein paar Fotos mit dem Handy und sandte diese an seine Eltern und an Gérôme, mit dem Hinweis auf ihre gesunde Ankunft. Leise kabbelten sich Felix und Paul, was sie am nächsten Tag machen wollten, als sie sich durch den friedlichen Park dem Hauptgebäude näherten. Dort drehte sich Gereon noch einmal um und genoß den wunderbaren Blick bis zum Horizont. Er fühlte sich bereits jetzt entspannt.

Was für ein Schock, als sie das Restaurant betraten. Ein großer Raum mit Neonbeleuchtung und vielen Tischen. Eine hohe Decke, die Wände mit greller Bemalung. Ein unbeschreiblicher Lärm empfing sie, eine große Menge Menschen, die auf dem Weg zum Buffet waren und Kinder, die zwischen den Tischen herumliefen. Keine freien Tische in Sicht.

Ernüchtert warteten sie, Gereon hielt nach einiger Zeit einen Kellner an, da sich niemand um sie kümmerte. Der verwies sie an einen Tisch, der noch nicht abgeräumt war. Der Kellner war sofort verschwunden, es herrschte große Hektik im Saal. Diesmal war es Melinda, die einen Kellner anhielt, der nahm die Sachen vom Tisch und stellt diese ein paar Tische weiter ab. Die Tischdecke wurde nicht gewechselt.

„Wir haben Hunger", verkündete Felix. Daher setzten sie sich an den Tisch mit der schmutzigen Tischdecke und Melinda zog ein Gesicht. Schnell stand Gereon auf und machte sich mit den Jungs auf den Weg zum Buffet.

Als sie mit ihren Tellern zurückkehrten, war der Tisch sauber eingedeckt, Getränke standen bereit und die Tischdecke war gewechselt. Melinda sah erhitzt aus.

„Ich mußte deutlich werden!", verkündete sie.

Das Essen war gut, die Auswahl auch. Leider hatte das Restaurant den Charme einer Kantine, daß paßte nicht zur restlichen Hotelanlage. Auch die Kellner waren unmöglich. Große Schweißflecke, auf dem Rücken und unter den Armen, die Hemden hingen aus der Hose heraus. Im Laufschritt rannten sie durch das Restaurant. Als der Tisch, zwischen den Gängen, nicht abgeräumt wurde, stellte Melinda das Geschirr einfach in den Weg. Als der erste Kellner dagegentrat und das Geschirr sich scheppernd verteilte, meinte sie nur, „nächstes Mal räumen Sie gefälligst ab."

Nach dem Essen machte Gereon mit seiner Familie noch eine große Tour durch das Hotel und in das Dorf hinein. Auf dem Dorfplatz saß die Frau von der Fähre, am Tisch einer Bar und trank etwas buntes, süßaussehendes. Felix und Paul machten Knutschgeräusche.

Gereon wollte gerade fragen, was es mit damit auf sich habe, als die Frau auf Melinda stürzte.

„Was machst Du hier!"

Melinda zuckte zurück, „Urlaub! Du bist es? Was für ein Pech! Das Flittchen aus der Kanzlei!"

„Dein Mann? Deine Kinder? Vielleicht sollte ich mich an Deinen Mann heranschmeißen. Hat anscheinend einen niedrigen Standard, wenn er es mit Dir aushält."

„Was rede ich eigentlich mit Dir? Bleib doch, wo der Pfeffer wächst!", rief Melinda wutentbrannt, packte ihren versteinerten Mann und drehte sich in Richtung Hotel um. Schnell rannten die Kinder voraus, die Laune ihrer Mutter wollten sie nicht abbekommen.

„Wer war das?", fragte Gereon, jedes Wort betonend.

„Das war ein Flittchen, aus der Kanzlei meines Vaters. Hatte versucht, ihn anzumachen. Er hat sie natürlich abblitzen lassen und wollte sie entlassen. Da hat sie schnell behauptet, sie wäre schwanger."

„Da weiß ich überhaupt nichts von. Behauptete die Frau, sie wäre von ihm schwanger?", schüttelte Gereon den Kopf.

„Nein, das war vor Deiner Zeit. Ein gerissenes Luder. Mit der Schwangerschaft wäre sie nicht so einfach kündbar. Aber, da habe ich mich eingeschaltet."

„Da warst Du doch noch ein Kind, als ich Dich kennenlernte", neckte er sie, um die Stimmung zu verbessern.

Gereon traf ein strafender Blick, „vielleicht, aber nicht Kind genug, um die Spülung in der Damentoilette abzuschalten, um einen Schwangerschaftstest machen zu können."

Gereon nickt und war positiv überrascht, „hätte ich nicht gedacht. Du bist sonst nicht so spontan und mischst Dich in Dinge ein."

„Es ging um meinen Vater, ich wußte, er hatte nichts mit der Frau laufen. Sie hat nicht direkt behauptet, daß Kind wäre von ihm, aber das wäre der nächste Schritt gewesen. Davon waren mein Vater und meine Mutter überzeugt. Meine Mutter stand zu meinem Vater. Du weißt doch wie langweilig er ist", Melinda schaute Gereon von der Seite an und der nickte.

„Rechtlich nicht ganz einwandfrei", wiegte Gereon den Kopf hin und her.

„Pah", meinte Melinda nur, „mein Vater ist ein guter Jurist und super vernetzt. Du weißt, er bekommt immer, was er will! Da interessiert es nicht, ob es rechtlich einwandfrei ist."

„Das heißt, sie wollte etwas mit Deinem Vater anfangen, wurde gekündigt, hat behauptet, sie wäre schwanger, aber das war gelogen! Eigentlich dumm, es wäre doch sowieso herausgekommen."

„Mag sein, aber sie hätte doch versuchen können, schwanger zu werden. Dann könnte sie behaupten, es wäre mein Vater gewesen, der sie dick gemacht hat."

„O.K.", stimmte Gereon zu und war immer noch nicht überzeugt, „aber das kann doch per Gentest nachgewiesen werden."

„Ha, Herr Amtsanwalt, da weiß ich aber besser Bescheid. Niemand kann die Frau zwingen, einen Test bei ihrem Kind zuzulassen. Das wäre Freiheitsberaubung, Körperverletzung oder so ähnlich. Vor allem stell Dir den Skandal vor. Mein Vater wäre gezwungen gewesen, Geld zu zahlen, nur damit niemand etwas davon erfährt.“

Gereon sagte nichts mehr, als sie langsam zum Hotel zurückgingen. Das klang so konstruiert. Vielleicht war sein langweiliger Schwiegervater in das erotische Netz der gutaussehenden Frau geraten und hatte diese hängenlassen. Die behauptete Schwangerschaft könnte auch eine Panikreaktion gewesen sein. Aber eigentlich war das auch egal, was interessierte ihn die Frau.

Als sie später im Bett lagen, hörte Gereon die Brandung unter dem Hotelzimmer und dachte an diesen furchtbaren Tag. Die Jungs schliefen. Was für ein Glück. Alle waren sie den gesamten Tag immer an der Kante zu einem neuen Streit gewesen. Das war der Müdigkeit und Anstrengung geschuldet.

Der Urlaub würde nur noch besser werden können.

Ein Grobkörniger Strand

Der nächste Morgen startete wieder mit starkem Wind und hohen Wellen. Im Meer, unterhalb des Balkons, schlugen sie gegen den Felsen an. Der Blick war traumhaft und das Zimmer hell und großzügig. Sich in einem Badezimmer mit vier Personen fertig zu machen, sorgte trotzdem für den ersten Streß am Morgen. Schließlich machte Gereon nur Katzenwäsche und dann ging es durch die wunderschöne Hotelanlage zum Frühstück.

Auch am Morgen war das Restaurant ungemütlich und laut. Es gab auch einen kleinen Außenbereich, den sie am Abend nicht gesehen hatten. Aber alle Plätze waren belegt.

Leider war auch das Buffet halb abgegessen, der Kakao für die Kinder kam aus der Tüte und der Orangensaft war leer und wurde auch nach Aufforderung nicht aufgefüllt.

„Nachher beschwere ich mich bei der Reiseleitung", sagte Melinda und die Jungs schwiegen, sie wußten, wann das besser war.

Wie gestern vereinbart, ging es danach zuerst zum Pool. Alle Liegen waren mit Handtüchern reserviert. Also verzichteten sie auf den großartigen Ausblick und belegten einen sonnigen Platz auf der hinteren Poolseite.

Gereon ging sich fertig machen, lies aber den Bart stehen. Er gefiel sich mit dem Bartschatten und wollte einen Dreitagebart ausprobieren. Als er zurückkehrte, sammelte er seine Söhne ein, um sich das Dorf und den Hafen anzusehen. Melinda brauchte ihre Ruhe, sonst würde ihre Stimmung nicht besser werden.

„Denkt bitte an Wein und Kerzen", rief ihnen Melinda hinterher.

Das Dorf war unspektakulär und bot, bis auf die Bar auf dem Dorfplatz, keine Sehenswürdigkeiten. In der Mittagssonne war alles wie ausgestorben. Eine räudige Katze schaute um die Ecke eines Hauses herum. Felix fühlte sich sofort wie magisch von ihr angezogen, aber Gereon hielt ihn zurück, „laß die Katze in Ruhe. Wer weiß, was die für Krankheiten mit sich herumschleppt."

Die Dorfstraße führte zum Hafen hinunter. Dort sollte es, laut Reiseführer, einen Supermarkt geben. Im Hafenbecken lagen ein paar schäbige Fischerboote, eine schnittige weiße Jacht stach hervor, es roch nach altem Fisch. Sie machten ein paar Fotos zur Erinnerung und gingen dann auf die Suche nach dem Supermarkt.

Diesen fanden sie im Souterrain eines der Hafengebäude. Es gab die notwendigsten Lebensmittel, ein paar Süßigkeiten, eine Truhe mit Eis, aus der sich Gereon und seine Söhne bedienten, aber keine Kerzen und keine Weinflaschen.

„Hier sind Kerzen", meinte Felix und zeigte auf das Regal.

Es waren rote Grablichter, sonst gab es nichts, also wanderten diese zum Eis in den Einkaufskorb. Paul schleppte eine Tetra-Pak mit Rosé Wein an. Da es nichts anderes gab, mußte Gereon damit vorliebnehmen.

Als Gereon an der Kasse zahlte, kicherten Felix und Paul, sie machten wieder Kußgeräusche. Noch einmal würde Gereon nicht fragen, was es damit auf sich hatte. Aber er glaubte, daß brauchte er auch nicht. Er erkannte die Stimme der Frau. Der Scheinschwangeren wollte er lieber nicht begegnen, also machten sie sich auf den Weg zum Strand.

Der Strand war vom Hafen über eine holprige Straße erreichbar. Links ein paar abgestorbene Bananenstauden und rechts einige zerfledderte Palmen. Der Stand selbst war äußerst grobkörnig. Die Körner hatten die Größe von Puppenköpfen. Felix bekam einen Wutanfall und auch Paul regte sich auf.

„Jungs, wir werden einen anderen Strand hier auf der Insel finden. Keine Aufregung", beruhigte sie Gereon, „vielleicht nehmen wir einen Leihwagen.“

Felix nahm einen Stein mit, um seiner Mutter zu zeigen, was hier grobkörnig bedeutete. Gereon dachte, daß die 14 Tage sehr lang werden würden, wenn es ihm nicht gelänge, die Kinder zu beschäftigen. Kein Strand, keine Geschäfte und nur Steine und Felsen außerhalb der tropischen Hotelanlage.

Eine überlebensgroße Bronzefigur stand in der Brandung am Strand. Ein nackter, definierter Männerkörper mit deinem Speer und einem Muschelhorn in der Hand.

„Wer ist das?“, fragte Felix. Gereon konnte das nicht beantworten, „ein Meeresgott vielleicht?“, meinte er nur.

Paul ging näher heran, bis seine Füße im Wasser standen. „Toller Körper. Dafür hat er bestimmt lange trainiert“, meinte er, mit dem Kennerblick des Gym Besuchers. Gereon folgte ihm, bis er in das kantige Gesicht des Mannes schauen konnte. Der blickte streng, seine Gesichtsmuskeln angezogen und der Mund verhärtet, ein Strich im Gesicht. Die Stirn gerunzelt, als würde er nachdenken, eine ausgeprägte, scharfe Nase. Breite Schultern, doch unter den großen Brustmuskeln traten die Rippen zutage, natürlich hatte diese perfekte Figur einen Waschbrettbauch. Gereon schaute unwillkürlich an sich herunter und runzelte die Stirn. Der große Schwanz des nackten Mannes war blank, da viele Hände ihn wohl immer wieder anfaßten, auch Paul und Felix kletterten auf das Podest und packten kichernd die Figur an.

Dann machten sie sich auf den Weg zum Hotel zurück. Melinda ließ sich mit Felix auf keine Diskussion über den Strand ein und hieß ihn den Stein zu entsorgen. Wütend schmiß er ihn die Böschung zum Meer hinunter.

Am Pool waren die Liegen mit Ausblick immer noch belegt, also sagte Melinda, „Gereon, bitte mache uns vier Liegen frei. Wir legen uns jetzt dorthin.“

„Ich kann doch nicht einfach die Handtücher wegnehmen“, erwiderte er.

„Natürlich kannst Du das! Wenn ich es sage!", war ihre kurze Antwort.

Es war Gereon klar, daß dies nicht gut ausgehen konnte und so war es auch. Erstens war es Melinda an dem exponierten Platz zu windig und zweitens war es ihr zu schattig, da der Himmel zwischenzeitlich dicht bewölkt war. Zu allem Überfluß kamen jetzt die Urlauber, welchen sie die reservierten Liegen abgenommen hatten. Es gab einen riesigen Aufstand und große Beschimpfungen. Felix und Paul verschwanden rechtzeitig zum Schwimmen und Gereon nahm sich ein Beispiel an seiner Frau und tat so, als wäre er taub.

Das Unwetter

Der Wein war – überraschend – gut und die Friedhofskerze – nicht überraschend – bei Melinda auf wenig Begeisterung gestoßen.

„Noch nicht einmal zum Einkaufen kann man Dich schicken", meinte sie vorwurfsvoll.

Die dunklen Wolken waren bedrohlich, über dem aufgewühlten Meer. Der Balkon lag im Windschatten und Gereon genoß den Blick auf die gewaltige Natur. Blitze begannen über den Himmel zu zucken, die Wellen brandeten mit Gewalt gegen den Felsen unter ihrem Balkon.

Wenn sich Gereon nach vorn beugte, konnte er die Figur des Meeresgottes, in der Brandung am Strand, sehen. Im Zwielicht hob sich der nackte Körper als Schattenriß vom schäumenden Meer ab. Die Figur stand jetzt so weit im Wasser, daß es aussah, als würde der Mann direkt in die Fluten gehen oder gegen diese kämpfen. Vielleicht wartete er auch auf Gegner, die über das Meer kommen wollten?

„Mama, wir haben Deine Freundin heute im Supermarkt getroffen," rief Felix von drinnen. Er lag mit Paul auf dem Doppelbett und las. „Bist Du verrückt", hörte Gereon seinen anderen Sohn leise flüstern, „die geht doch gleich wieder in die Luft."

„Welche Freundin?", fragte Melinda gefährlich ruhig. Die Jungs kicherten nur.

„Ich habe die Story immer noch nicht richtig verstanden," meinte Gereon.

„Was gibt es denn da nicht zu verstehen?", fragte Melinda.

„Na ja, sie hatte keine Beziehung mit Deinem Vater, soll aus irgendeinem Grund gekündigt werden, im Affekt behauptet sie schwanger zu sein, um vor der Kündigung geschützt zu werden. Du weist nach, daß sie nicht schwanger ist und das war es?"

„Ja, genau", nickte Melinda und nahm einen Schluck vom Wein. „Danach hat sie bei einem Kollegen von meinem Vater angefangen. Mit dem hatte sie dann eine Affäre, mit dem hatte sie dann ein Kind. Aber Totgeburt oder so etwas, nachher Scheidung und viel Geld kassiert. Macht jetzt in Immobilien."

„Hatte der Kollege Deines Vaters sich nicht bei ihm erkundigt, ehe er die Frau eingestellt hat? Das machen doch alle."

„Klar", meine Melinda leichthin, „warum sollte er diesem schrecklichen Typen die Wahrheit sagen. Er war sehr erfreut, als es dem Ekel viel Geld gekostet hatte."

Gereon schwieg dazu und blickte zur sturmumtosten Figur hinüber. Wer hätte das gedacht, er mußte bei seinen Gedanken schmunzeln, mein stockkonservativer Schwiegervater hatte eine Affäre und sein Töchterchen hatte ihm aus der Bredouille geholfen. Man lernte nie aus. Ob sein Schwiegervater dem Kollegen ein Kind untergeschoben hatte?

Der Wind pfiff jetzt auch auf ihrem Balkon und es wurde ungemütlich. Melinda bestimmte, daß es nun Zeit sei für alle ins Bett zu gehen. Was sie brav auch machten.

In der Nacht wachte Gereon auf, als Donner grollten und Blitze zuckten. Der Sturm tobte und die Fenster und Türen klapperten. Als er gerade wieder einschlafen wollte, merkte er, wie jemand in das Bett gekrochen kam.

„Ich habe Angst", flüsterte Felix ihm zu. Leise antwortete Gereon, „keine Angst! Ist es nicht wunderbar, wie gewaltig die Natur ist? Sie standen auf und gingen zum Fenster, es hatte reingeregnet, der Boden war naß. Der Blick auf das Meer und das Gewitter war wunderschön und beängstigend. Schnell hopste Felix wieder in das Bett seines Vaters.

„Der Boden ist naß", flüsterte er.

Gereon machte die Nachttischlampe an und sah, daß unter der Zimmertüre hindurch Wasser in das Zimmer floß. Es gluckerte leicht.

„Was ist los?", fragte Paul.

„Warum ist diese Festbeleuchtung an?", fragte Melinda.

„Da kommt Wasser unter der Türe herein," meinte Felix.

„Gereon, geh nachsehen, was da passiert!", befahl Melinda.

Das Wasser war ein stetiger kleiner Bach, der von der Zimmertüre in Richtung Balkontüre floß und sich dort an der Schwelle staute. Gereon ging zur Zimmertüre und als er diese öffnete, kam ein Schwall Wasser ins Zimmer hineingeströmt.

Am tiefsten Punkt der Hotelanlage gelegen, kam das Wasser nun wie ein Sturzbach durch Ihr Zimmer gerauscht. Kein sauberes Regenwasser, sondern volle Blätter und Tiere. Käfer groß wie eine Kinderhand wurden in das Zimmer geleitet.

Großes Geschrei und Gekreische waren die Folge, schnell warf sich Gereon gegen die Türe und schloß diese gegen den Wasserdruck. Dann watete er zum Bett zurück.

„Das kann auch nur Dir passieren", fauchte Melinda, „mach etwas!"

„Was soll ich denn machen?", fragte Gereon scharf zurück und griff nach dem Telefonhörer, um die Rezeption anzurufen.

Der Nachtdienst verstand weder die deutsche noch die englische Sprache. Gereon hoffte, daß er zu mindestens so viel Aufregung verursacht hatte, daß jemand vorbeikommen würde.

Danach schaute es zuerst nicht aus. Melinda forderte Gereon alle paar Minuten auf, wieder bei der Rezeption anzurufen.

Als Gereon überlegt, ob er durch den Sturm persönlich zum Empfangsgebäude gehen sollte, hörten sie ein Klopfen an der Türe, kaum zu vernehmen in der Kakophonie aus Sturm, Gewitter und Platzregen.

Angeekelt patschte Gereon durch das knöchelhohe Wasser. Der Sicherheitsdienst vor der Türe hatte die Situation bereits begriffen. Schlamm hatte sich vor der Schwelle angesammelt. Er redete schnell und laut in sein Mobiltelefon und sah aus wie eine nasse Katze.

Gereon machte sich nicht die Mühe, die Türe wieder zu schließen und das Wasser draußen zu halten. Er befahl allen sich etwas überzuziehen und dann drängten sie sich unter dem Vordach, vor ihrer Zimmertüre, eng aneinander. Der Wachmann gestikulierte und schnell rannte die ganze Familie, durch den strömenden Regen, hinter dem Mann her und dieser führte sie zu einer anderen, trockenen Unterkunft.

Die Kinder bibberten vor Kälte und schnell zog Gereon sie aus und stieg mit ihnen unter die Dusche. Das heiße Wasser tat gut. Melinda lag im Bett und zitterte. Die nassen Sachen hatte sie zum Trocknen im Zimmer verteilt. Als sie sich im Bett alle eng aneinander kuschelten und einander wärmten, meinte Melinda nur, „ein furchtbarer Urlaub."

„Ah, was", meinte Gereon leicht hin, „das ist doch ein großartiges Abenteuer. Nicht wahr Jungs?"

„Männer!", schnauzte Melinda nur und dann versuchten alle einzuschlafen.

Der Fund

Gereon wachte früh auf und schlich sich aus dem Zimmer. Halbnackt, nur mit der noch immer klammen Pyjamahose bekleidet, lief er barfuß bis zu ihrer überschwemmten Unterkunft. Dort sah es furchtbar aus. Der Boden war schmutzig, aber das Wasser war durch die undichte Balkontüre bereits abgeflossen. Für jeden nahm er etwas zum Anziehen und dann ging er erst einmal ein paar Runden schwimmen.

Nach dem Frühstück lagen sie auf den Liegen mit der großartigen Aussicht. Felix und Paul erzählten begeistert immer wieder von dem Abenteuer in der Nacht und Melinda hatte nicht nur früh die Liegen reserviert, sondern war bereits zur Gästebetreuung gestiefelt, um sich über die vielen Dinge, die in den wenigen Tagen vorgefallen waren, zu beschweren.

Im Nachmittag ging Gereon in das Zimmer, um nach dem Rechten zu schauen. Doch es war immer noch nicht gemacht. Anscheinend hatte es niemand für nötig befunden, die Putzleute über den schlimmen Zustand zu informieren. Gereon ging durch die Anlage auf der Suche nach dem nächsten Zimmermädchen.

Er fand einen jungen spanischen Burschen, der ein paar Häuser weiter beschäftigt war. Dieser packte gerade gebrauchte Bettwäsche in einen großen Kübelwagen. Als Gereon versuchte sich mit Händen und Füßen verständlich zu machen, grinste der Junge und sagte in erstaunlich gutem Deutsch, „ich soll ihr Zimmer fertig machen?"

Gemeinsam gingen sie den kurzen Weg zurück. Als das männliche Zimmermädchen in das Zimmer schaute, warf er die Hände über den Kopf und fluchte auf Spanisch. „Überschwemmung!", meinte er dann nur und ergänzte, „ich mache das." Daraufhin ging Gereon zu ihren Liegen zurück.

Das Wetter war sehr angenehm an diesem Tag. Es war dicht bewölkt, aber es wehte nur ein leichter Wind. Die Luft war nach dem Regen klar und sauber, die Sicht über das Meer grandios. Nach einiger Zeit schickte Gereon seine Söhne nachsehen, wie weit die Zimmerreinigung gekommen sei. Doch die Jungs kamen nicht zurück.

Also machte er sich später selbst auf den Weg und fand Paul und Felix gemeinsam mit dem Burschen das Zimmer auf Vordermann bringen. Solch eine Begeisterung hätte sich Gereon auch zu Hause gewünscht, wenn es darum ging, die eigenen Zimmer sauber zu halten.

„Sind das Deine Söhne?", fragte der junge Mann.

Stolz nickte Gereon und fragte, „warum kannst Du so gut Deutsch und machst hier die Zimmer? Im Service sprechen die Kellner nicht so gut fremde Sprachen."

Da schaute der Putzmann betrübt und Gereon wollte schon etwas ergänzen, daß es nicht abwertend klang.

„Ich habe Glück überhaupt Arbeit zu bekommen," sagte der Bursche und Gereon fragte, „kann man davon leben? Normalerweise machen so etwas doch Frauen und verdienen bestimmt nicht viel."

„Nein, ich bediene auch noch an der Bar Im Dorf, am Abend. Kommt ihr mich dort besuchen?"

„Na klar", sagte Felix sofort. Innerlich stöhnte Gereon. Er hatte nur nett sein wollen und hatte überhaupt keine Lust näher in Kontakt mit dem sympathischen jungen Mann zu treten.

Das Zimmer war fertig und alle Spuren des Unwetters waren beseitigt. Gereon gab dem Spanier ein großzügiges Trinkgeld und ging gemeinsam mit seinen Söhnen zur Sonnenliege zurück.

„Warum hast Du gefragt, ob er von seinem Job leben kann?", fragte Paul.

Gereon zuckte mit den Schultern, „die Löhne hier sind niedrig und die Putzfrauen werden bekanntermaßen miserabel bezahlt. Es ist normalerweise ein Job für Frauen."

„Warum werden Frauen denn schlechter bezahlt?", fragte Paul nach.

„Nicht per se, aber viele schlecht bezahlten Arbeiten, mit wenig Stundenlohn, werden auch heute noch von Frauen geleistet. Das ist nicht gerecht und ändert sich nach und nach, aber gerade hier im Ausland ist es noch oft so. Deshalb sind Putzmänner so selten."

„Es heißt Roomboy und nicht Putzmann", rief Felix dazwischen, „das hat uns Pablo beim Aufräumen erzählt."

„Pablo, heißt er?", fragte Gereon. „Was habt ihr sonst noch erfahren?"

„Er ist hier von der Insel und mußte die Schule abbrechen. Dort hat er Deutsch gelernt. Jetzt putzt er hier.", sagte Paul. „Gehen wir ihn heute Abend besuchen? Er war sehr nett."

„Wir schauen mal, was die Mama dazu sagt", war der ausweichende Kommentar von Gereon.

Melinda lehnte einen Barbesuch und dazu noch, um eine Putzkraft kennenzulernen, selbstverständlich strikt ab. Daher schmollten Paul und Felix den restlichen Nachmittag, bis Gereon die zwei packte und kurzerhand in den Pool schmiß. Unter großem Gejohle ließ er sich auch hereinziehen und gemeinsam tobten sie im Wasser, bis Melinda im Kleid am Beckenrand stand und meinte, „jetzt ist es aber genug, ihr drei Kinder. Ich bin bereits umgezogen. Es geht zum Essen, diesmal in das a-la-carte Restaurant."

„Was heißt a-la-carte", frage Felix und Gereon erkläre es ihm, während sie sich duschten und für das Abendessen umzogen.

Tatsächlich hatte Melinda durch ihre Beschwerde erreicht, daß sie nicht mehr im ungemütlichen und lauten Buffetrestaurant essen mußten. Der Saal des neuen Restaurants war mit dunklem Holz ausgekleidet. Auf den Tischen brannten Öllampen und die Fenster gaben einen weiten Blick über die Anlage und das Meer. Es war sehr gemütlich.

Das Essen war gut und die Atmosphäre entspannt, deshalb war es schade, daß die Kellner auch hier unmöglich waren. Am Nachbartisch landete die Vorsuppe auf dem Schoß des Gastes und beim Einschenken des Weines nahm der Keller das Glas in die Hand, füllte es und stellte es wieder zurück.

„Wenn er es wenigstens am Stil gepackt hätte, der Tölpel", fauchte Melinda.

Gereon war sich sicher, daß heute nicht der letzte Besuch seiner Frau bei der Gästebetreuung gewesen war. Vor allem, als zum Ende der Mahlzeit Hektik aufkam und die Kellner begannen, die Öllampen auszublasen und vom Tisch zu nehmen. Getränke gab es dann auch keine mehr. Dabei war es erst früh am Abend, die Spanier aßen doch selbst recht spät, wunderte sich Gereon.

Als sie anschließend auf ihrer Holzterrasse über dem Meer saßen, waren die Wangen von Melinda immer noch gerötet. Schade, daß dieser Urlaub bisher nur Aufregung und Ärger bedeutet hatte. Trotzdem war es hier wunderschön und gemütlich, obwohl es eine Grabkerze war, die auf dem Tisch flackerte. Gereon trank einen Schluck, zum Glück war der Wein aus dem Tetra Pak einwandfrei und er atmete tief ein und aus, schmeckte die salzige Meeresluft. Dann sah er eine willkommene Ablenkung.

„Hey Jungs, kommt mal. Ein großes Schiff fährt hier vorbei", rief er nach drinnen. Schnell trappelten die nackten Füße von Paul und Felix auf den Balkonbohlen und sie hingen am Geländer. Tatsächlich fuhr ein großes Segelschiff im Meer unter ihnen vorbei.

„Majestätisch!", meinte Melinda und Felix fragte sofort, „können wir auch mal einen Ausflug mit einem solchen Schiff machen?"

„Auf gar keinen Fall! Soll mir wieder Übel werden?", wehrte ihre

Mutter sofort ab. Gereon fand die Idee, mit einem Schiff zu einem romantischen Stand zu fahren, hervorragend, aber er sagte lieber nichts, sondern genoß den Anblick.

„Schau mal da unten, Papa", rief Paul.

„Da schwimmt jemand", ergänzte Felix, der auch nach unten in die Brandung schaute.

Gereon beugte sich nach vorn und tatsächlich sah er dort einen Körper auf einem der Felsen liegen. Immer wenn eine neue Welle kam, spülte diese die Person etwas weiter den Felsen hinauf.

„Oh Gott!", rief Melinda. Da sie sofort begriffen hatte, was das bedeutete, packte sie umgehend ihre Söhne, „schnell! Felix und Paul sofort rein. Das ist nichts für Eure Augen."

Gereon konnte sich nicht von dem Anblick trennen. Das lange blonde Haar der Frau wurde vom Wasser hin und her getragen. Ein weißes Kleid mit goldenen Borten, die in der Abendsonne rotgolden glitzerten, wogte um den Körper herum. Er hatte sie sofort erkannt. Es war die Frau aus ihrer Heimatstadt.

Cuerpo Nacional De Policía

Ehe es wieder ein Hin und Her über das Telefon mit der Rezeption geben würde, entschied sich Gereon lieber persönlich dort aufzukreuzen. Melinda hatte die Kinder nach drinnen gescheucht und er hörte die laute Diskussion noch vor der Türe, „warum dürfen wir nicht zuschauen?"

Draußen stieß er mit Pablo zusammen. Was für ein glücklicher Zufall.

„Pablo, Du mußt mir helfen. Wir haben eine Frauenleiche im Meer entdeckt."

„Ihr habt was entdeckt?", fragte Pablo entgeistert zurück, „seid Ihr Euch sicher? Vielleicht ist es nur eine Puppe, oder so etwas."

„Nein, wir kennen die Frau. Die ist auch unserer Stadt. Komm mit!"

Gemeinsam gingen sie wieder in das Quartier hinein. Gereon stellte Pablo seiner Frau vor und die Jungs erzählten sofort, daß sie es waren, die eine Frau im Wasser hätten liegen sehen.

Vom Balkon überzeugte sich Pablo, daß es sich nicht um Hirngespinste überhitzter Urlauber handelte und zückte sofort sein Mobilfunkgerät, wählte eine Nummer und sprach lange und laut mit der Person, die sich gemeldet hatte.

„Hast Du die Polizei angerufen?", fragte Felix, der im Türrahmen stand.

Melinda rief ihm hinterher, „wage es nicht, nach draußen zu gehen."

„Warum geht ihr nicht eine Runde spazieren, oder geht zur

Abendshow vom Hotel, während ich hier mit Pablo warte?", wandte sich Gereon an seine Frau und die Kinder. Melinda nickte nur und ein Blick von ihr genügte, daß Felix und Paul ihr bereitwillig folgten.

Pablos Handy klingelte und er sprach wieder etwas hinein. „O.K. mein Freund Ricardo von der Policía Nacional kommt gleich vorbei, er spricht fließend Deutsch. Ich muß jetzt arbeiten gehen, ich habe heute Spätschicht." Damit ließ er Gereon allein, der wie magisch angezogen wieder vom Balkon hinunterblicken mußte.

Kurze Zeit später klopfte es und der Meeresgott vom Strand betrat das Zimmer, genauso würde die Figur in Uniform aussehen. Inspector Ricardo Ortiz Cabra von der Cuerpo Nacional de Policía

Señor Ortiz beugte sich über das Geländer und überzeugte sich von der Situation, um dann über sein Mobilgerät Anweisungen zu erteilen. Zu mindestens ging Gereon davon aus. Er verstand nichts, aber es klang sehr bestimmt und befehlsgewohnt. Er blickte den Mann an. Eine Uniform mit engen blauen Cargo Hosen und einem taillierten Shirt. Eine eckige Baseballmütze auf dem Kopf. Muskulöse Arme im kurzärmeligen Oberteil. Eine Pilotensonnenbrille steckte im Ausschnitt. Ein kantiges Gesicht, ein strenger Blick unter dünnen Augenbrauen, eine ausgeprägte, scharfe Nase.

Bestimmt hatte er einen perfekten Waschbrettbauch wie die Figur in der Brandung. Gereon hatte sich vorgenommen, nach dem Urlaub ebenfalls an seinem Körper zu arbeiten, jetzt macht er heimlich ein Foto und textete dieses zu Gérôme. Sofort kam eine Antwort, „was hast Du denn ausgefressen, daß Du das Glück hast, mit diesem sexy Polizisten zusammen zu sein? Ich biete mich zum Austausch an, laß mich mit ihm in die Gefängniszelle ;-)".

„Jetzt können wir nur noch warten", meinte Inspector Ortiz zu Gereon.

„Darf ich ihnen etwas anbieten? Ein Wasser vielleicht, oder einen Wein? Aber sie sind ja im Dienst."

„Ein Wasser wäre sehr nett. Einen Wein würde ich auch nehmen. Warum nicht? Wir sind schließlich nicht in Deutschland."

„Kennen Sie Deutschland?"

Es stellte sich heraus, daß Inspector Ortiz in Deutschland aufgewachsen war und nach seiner Militärzeit in Spanien zur spanischen Polizei wechselte. Seine Vorfahren und auch seine Frau kamen hier aus der Gegend und so bot es sich an, obwohl er Deutschland sehr vermißte.

Gereon servierte Wasser und Wein, und sie saßen auf dem Balkon und warteten, wann unten im Meer etwas passierte.

„Wie gut, daß Pablo sich direkt an sie wenden konnte. Ich bin froh jemanden erwischt zu haben, der meine Sprache spricht. Ich hätte es in der Aufregung nicht in einer anderen Sprache erklären können", meinte Gereon und Inspector Ortiz nickte.

„Pablo ist ein guter Junge, er hat viel Pech gehabt. Ich habe ihm den Job hier besorgt, aber er ist zu besseren Dingen fähig."

Dann meldete sich sein Handy und er entschuldigte sich, „meine Frau meldet sich."

Das erinnerte Gereon an seine Familie und er nutzte die Zeit seiner Frau eine kurze Zwischeninformation zu geben. Anscheinend war die Show sehr qualitätsvoll und so brauchte er sich zurzeit keine Sorgen zu machen, daß seine Familie wieder bei der Leichenbeseitigung auftauchen würde.

Während sie warteten erzählte Gereon von seiner Frau und seinen Kindern, er merkte, wie der Inspector kurz das Regenbogenarmband mit einem Blick streifte, ging jedoch nicht darauf ein. Ortiz sagte, er und seine Frau würden sich auch Kinder wünschen, aber bis jetzt wäre es noch nicht dazu gekommen.

Gereon fand es wichtig zu erwähnen, daß seine Frau die unbekannte Tote aus ihrer Heimat kannten und erzählte dem Inspector die Geschichte. Dieser schaute etwas zweifelnd. Gereon zuckte mit den Schultern.

„Ich bin zu Hause Amtsanwalt, also ein Staatsanwalt beim Amtsgericht. Einer meiner Freunde ist Kriminalkommissar, wenn es die Ermittlungen erleichtern würden, dann kann ich gerne einen informellen Kontakt herstellen."

„Wie untypisch Deutsch", meinte Inspector Ortiz lächelnd und Gereon wurde rot, „das finde ich sehr gut. Vielen Dank, ich komme darauf zurück."

Als das Meer sich belebte und zwei Polizeiboote aufkreuzten, waren der Inspector und Gereon schon beim Du angekommen. Ricardo war ein sehr angenehmer Gesprächspartner, auch wenn Gereon merkte, wie dominant er in Kleinigkeiten war.

Zwei Schlauchboote mit Außenbordmotor wurde zu Wasser gelassen und Kollegen von Ricardo näherten sich vorsichtig dem überspülten Felsen. Es war zu glitschig, um dort hinaufzuklettern, aber sie meldeten, daß die Frau definitiv nicht mehr leben würde. Im letzten Dämmerlicht kam ein Hubschrauber auf die Szene. Ein Mann wurde an einem Seil heruntergelassen und hatte die Aufgabe, die Leiche in eine Art Liege zu legen und dann abzutransportieren.

Ricardo verabschiedete sich und bat Gereon seiner Frau auszurichten, daß er morgen sicherlich einige Fragen an sie hätte und auch mit Gereon wolle er noch einmal sprechen. „Das ist kein Problem", meinte Gereon leichthin, „wir sind noch fast 14 Tage hier." Er freute sich darauf, den gutaussehenden Mann wiederzutreffen.

Melinda sah das selbstverständlich ganz anders, „was mußtest Du mich da hineinziehen", fauchte sie.

„Ich konnte ja schlecht die Unwahrheit sagen oder etwas weglassen", empörte sich Gereon.

„Du bist und bleibst ein Trottel", meinte Melinda abschließend und es klang nicht böse, sondern eher traurig und traf Gereon um so mehr. War er wirklich der Trottel, als der er von seiner Frau und seinen Schwiegereltern immer dargestellt wurde? Er sagte nichts mehr und ging ins Bett.

Melindas Befragung

Als Gereon nach dem Frühschwimmen im Pool vor dem Spiegel des Badezimmers stand und sich anschaute, fühlte er sich immer noch niedergeschlagen. Die Verachtung seiner Frau, für ihn war deutlich und es wurde nicht besser, wenn er an die Menschen in seiner Umgebung dachte. Gérôme der wahnsinnig gutaussehende Freund, geschäftlich erfolgreich, intelligent und so freundlich und süß. Der Körper perfekt und ohne Makel. Dessen Partner Jan, ebenfalls vollkommen eine andere Liga und jetzt auch noch Ricardo, die pure Männlichkeit, ein perfektes Gesicht, mehrsprachig, sympathisch, dominant. Wer war er dann schon? Normal, langweilig, harmoniebedürftig, ohne Erfolg im Leben. Selbst Pablo, der Putzjunge war ein Model gegenüber ihm, aber zum Glück erfolgloser. Das war ein böser Gedanke und Gereon seufzte, er fand sich selbst nicht erfolglos, aber es gab nichts, mit dem er glänzen konnte.

Eigentlich war sein Körper nicht so schlecht, er nahm einen Rasierer und sorgte für eine glatte Brust und sauber rasierte Achseln. Die Schambehaarung kürzte er, damit nichts aus der Badehose quoll. Vielleicht etwas weniger Fettanteil und mehr Definition der Muskeln, er wollte ja nicht so aussehen wie Ricardo. Doch, eigentlich schon, wenn er ehrlich war.

„Kopf hoch", sagte er zu sich selbst, als er sich anzog, um seine Familie zu suchen und den Tag zu beginnen.

Nach dem Frühstück wurde Melinda von Ricardo in einem der Büroräume der Verwaltung befragt. Die Jungs saßen neben ihrem Vater in der Lobby und lasen. Gereon sprach eine lange Nachricht für Gérôme und berichtete von dem Leichenfund und fragte, wie der Dienstplan von Jan sei, damit er ihn nicht aus dem Schlaf holen würde.

Gérôme textete zurück, er könne nicht sagen, wie der Dienst von Jan wäre, er solle diesem einfach texten. Das war seltsam und so fragte Gereon zurück, „ist bei Euch etwas passiert?".

„Nö", kam als Antwort.

„Aha, nö!"

„Wir haben uns getrennt. Jan möchte eine monogame Beziehung und ich eine offene Partnerschaft. Das hat nicht gepaßt. Aber der Sex ist immer noch gut. Wir machen jetzt als Fuckbuddys weiter."

Schade, das zog die sowieso schon gedämpfte Laune von Gereon noch mehr runter. Er mochte beide sehr gerne, vor allem aber natürlich Gérôme. Er hatte richtig Sehnsucht wieder Zeit mit ihm zu verbringen, mit ihm könnte er offen über sein Tief sprechen. Ob er anrufen sollte?

Aber da kamen Ricardo und Melinda zurück und sofort bestürmten Felix und Paul den Polizisten mit Fragen, schließlich hatten sie nur deshalb hier brav gewartet, statt im Pool zu toben.

Der harte Macho schmolz in den Händen von Paul und Felix sofort dahin. Die zwei waren wirklich süß, wenn sie wollten. Melinda verabschiedete sich und Felix meinte, „wir wollen auch ermitteln."

Ehe Gereon etwas sagen konnte, kam ihm Paul zuvor, „wir kennen nämlich den Mörder."

Ricardo stoppte Gereon mit einem schnellen Blick, eher er sich zu den beiden Burschen setzte und fragte, „das ist ja toll! Erzählt mir mal mehr darüber."

Sich immer wieder gegenseitig unterbrechend war es nicht einfach der Erzählung zu folgen. Die Quintessenz war, daß Felix und Paul nach dem ersten Zusammentreffen auf dem Schiff die Frau wieder getroffen hatten. Sie stand an einer Bar der Fähre und küßte „den Kapitän", wie beide übereinstimmend sagten.

Wie der Kapitän aussah, konnten sie nicht sagen, aber er hatte einen blauen Anzug an, mit goldenen Knöpfen. Auf den Knöpfen waren Anker, daher konnte es ja nur der Kapitän sein. Felix meinte, der Mann wäre alt, Paul meinte, der Mann wäre jung gewesen. Auf Nachfrage von Ricardo einigten sie sich, „so alt wie Papa vielleicht."

Gereon schickte die Jungs nach dieser interessanten Aussage raus zum Pool, aber Felix blieb vor Ricardo stehen und fragte, „wir wollen im Meer schwimmen gehen, Du kennst Dich doch hier aus. Gibt es keinen Strand, zu dem wir hinkönnen?"

„Wir wollen auch mit einem Boot fahren, aber Mama möchte nicht. Du schon? Oder Papa?", ergänzte Paul.

„Da läßt sich bestimmt etwas machen", lächelte Ricardo und die zwei rannten freudig hinaus.

„Du hast sehr nette Söhne und so gut erzogen", sagte Ricardo und da war die Stimmung von Gereon direkt wieder besser.

Er versuchte es bei Jan auf dem Handy und bekam ihn direkt dran. Der war verblüfft, was sein Freund da schon wieder erlebt hatte und war natürlich bereit, dem Kollegen formlos Unterstützung zu geben.

Die Seeleute

Die Jungs begannen sich zu langweilen. Melinda wollte im Urlaub nichts unternehmen und die Burschen waren voller Energie, die Gereon nicht abbauen konnte. Am Abend fiel er todmüde ins Bett, nachdem er den ganzen Tag mit seinen Söhnen im Pool herumgetobt hatte. Woher nahmen die zwei diese Energie?

Daher war er froh, als ein Anruf von Ricardo kam. Die Schiffsbesatzung von ihrer Anreise könnte heute den Jungs gegenübergestellt werden, wenn Gereon Zustimmung geben würde.

Also warteten sie vor dem Hotel und dann kam Ricardo mit einem schicken Polizei-SUV angefahren. Seitdem Gereon mit Gérôme befreundet war, schaute er viel mehr, wie andere Männer aussahen. Sofort fiel ihm der knackige Hintern in der engen Cargo-Hose auf und Gérôme hatte ihn, auf Grund des Fotos, bereits auf „das dicke Teil in der Hose" aufmerksam gemacht. Tatsächlich war vorn ein fettes Paket zu sehen.

Auf der Fahrt erzählte Ricardo seinen Passagieren etwas über die Landschaft und die Orte, durch die sie fuhren. „Hier entsteht ein neuer Golfplatz und ein großes Hotelprojekt. Das ist für die Insel essenziell, wir haben nur den Tourismus, um zu überleben, trotzdem ist das Projekt sehr umstritten."

Gereon fragte, warum und Ricardo fuhr fort, „ein Golfplatz verbraucht viel Wasser und das ist hier Mangelware."

„Aber es ist doch alles so grün hier auf der Insel", warf Gereon ein.

„Ja, das stimmt. Aber, um etwas anbauen zu können, braucht man eine Bewässerung und die Wasserrechte liegen alle bei einer Familie. Früher wurden hier auch viele Bananen angebaut, aber die waren so klein, daß niemand auf dem Festland diese kaufen wollte. Nachdem irgendein Freihandelsabkommen mit Südamerika abgeschlossen wurde, war die Bananenproduktion hier praktisch tot. Zwischenzeitlich wird Obst und Gemüse nur für den Verbrauch auf der Insel angebaut."

„Würde Wein hier nicht gut gedeihen? Es ist so schön warm."

„Es gibt sogar einen Weinberg in einem kühleren Tal. Aber auch der Wein braucht hier eine Bewässerung und im Inneren der Insel, wo der Regen fällt, ist die Luftfeuchte zu hoch."

„Also bleibt nur der Tourismus", nickte Gereon.

„Ja, und natürlich für die Großgrundbesitzer die Landwirtschaft und ein wenig Fischerei für die Küstenbewohner. Die Bauwirtschaft ist auch wichtig, aber es gibt große Widerstände gegen neue Hotelbauten und gegen den Golfplatz. So, wir sind fast da."

Vor ihnen breitete sich ein unglaubliches Panorama aus. Unten lag eine weiße Stadt mit einem Hafenbecken. Geschützt von einer Mole mit einem Leuchtturm am Ende. Das Meer glitzerte in der Sonne und in der Ferne war die Nachbarinsel zu sehen. Ein hoher Berg hob sich dort vom Himmel ab. Gereon schüttelte mit dem Kopf, die Schönheit der Hafenstadt war ihm bei der Anreise vollkommen dadurch gegangen. Verdammte Übelkeit.

Am Hafen parkten sie an einem großen Gebäude. Gereon war während der Fahrt schon aufgefallen, wie still seine Söhne geworden waren. Selbst der ewig plappernde Felix hatte kein Wort gesagt. „Nervös", fragte er und Paul nickte während Felix trotzig meinte, „nö, warum?".

Im Gebäude wurden sie in einen Konferenzraum geführt. Ein schäbiger Linoleumboden und grün gestrichene Wände zeigten einen klassischen Behördenbau, wie überall in Europa. Im Raum waren viele Männer jeden Alters, alle in Weiß, mit Schulterklappen, die ihren Rang anzeigten. Leises Murmeln war im Raum zu hören, die Leute schienen angespannt.

Ricardo sprach ein paar Worte, die Gereon nicht verstand und meinte dann zu Paul und Felix, „ich werde Euch jetzt nach und nach die Männer vom Schiff vorstellen. Bitte sagt mir, wenn ihr den gesuchten Mann erkennt."

Der Raum wurde still, als Ricardo anfing und nach jedem Seemann, der den Jungs vorgestellt wurde, stieg die Lautstärke im Raum weiter an. Die Spannung war von den Männern abgefallen und das führte zu viel Lärm, als diese sich von einer Raumecke zur nächsten etwas zuriefen.

Gereon fiel auf, daß Ricardo nicht mit dem offensichtlichen Kapitän anfing, sondern mit den niedrigeren Chargen. Der Kapitän war ein stämmiger Mann mit kurzen Armen und einem dichten Bart, kaum vorstellbar, daß die Jungs diesen Mann nicht genauer beschrieben hätten. Vielleicht war der blaue Anzug eine Art Ausgehuniform? Hier waren alle weiß gekleidet.

Felix und Paul standen eng zusammen, doch nach den ersten Seeleuten trat Felix vor und studierte die Knöpfe. Das machte er bei jedem und am Ende fragte Ricardo, „und? Habt ihr den Mann erkannt?"

Beide schüttelten mit dem Kopf. „Nein", meinte Felix, „keiner hat eine blaue Uniform an."

„Die Uniform kann man wechseln", gab Gereon zu bedenken.

„Aber keiner der Knöpfe hier ist aus Gold und hat einen Anker darauf", fuhr Felix fort.

„Der Mann war irgendwie eleganter", sagte Paul, während er die Männer im Raum studierte, „er war so alt wie Papa, vielleicht jünger und hatte dunkles zurück gegeltes Haar."

„Er war braun von der Sonne", ergänzte Felix, „und schlank."

„Gut dann müssen wir weitersuchen", sagte Ricardo und sprach noch ein paar Worte zu den Männern im Raum, die daraufhin laut lachten und damit war die Gegenüberstellung erledigt.

Ein Richtiger Strand

„Die Männer erschienen mir nervös", sagte Gereon auf dem Weg zum Auto, „dabei hatte schließlich niemand etwas mit der Toten zu tun."

„Stimmt, aber ich habe auch nicht gesagt, was wir suchen", grinste der Inspector, „wer kann schon sagen, was die so alles von Afrika aus herüberschmuggeln? Es schadet nichts, ein wenig herumzustochern."

„Hat sich denn niemand gemeldet, daß die Frau vermißt würde?", fragte Gereon als Nächstes.

Der Inspector schüttelte mit dem Kopf, „nein, bis jetzt nicht. Vielleicht sollten wir in der Regionalzeitung ein Bild veröffentlichen. Vielleicht hat jemand die Frau gesehen, vielleicht auch mit dem Mann, den wir suchen."

„Hat Jan sich bei Dir gemeldet?"

„Ja, er hat mir mitgeteilt, daß die Frau sich auf ausländische Immobilien spezialisiert hätte und ein großes Büro bei Euch in der Stadt habe. Es gibt aber noch keine Angehörigen, die er ausfindig machen konnte. Auch sonst gibt es nichts Auffälliges in ihrem Lebenslauf. Nichts, was bei Euch aktenkundig geworden wäre."

Als sie im Auto saßen, waren Paul und Felix wieder so wie immer. Die Anspannung war von ihnen abgefallen und übermütig fragte Felix, „Ricardo, gibt es hier keine ordentlichen Strände? Der bei uns am Hotel besteht nur aus Steinen!"

„Ah, das Stimmt. Die Bucht der Häuptlinge ist kein richtiger Strand, obwohl die Einheimischen dort schwimmen gehen," nickte der Polizist den Kopf.

„Ist die Figur am Strand ein Häuptling?", fragte Gereon nach.

„Ja, das Denkmal zeigt, wie er zu den Schiffen der Eroberer hinausschaut. Meine Familie behauptet, wir würden direkt von ihm abstammen."

„Das glaube ich sofort", hörte sich Gereon zu seiner eigenen Überraschung sagen, „Du schaust genauso aus."

Da lachte Ricardo, schaute kurz zu seinem Beifahrer hinüber und meinte, „so, wie die Figur dort steht, hast Du mich ja noch nicht gesehen."

Dann dreht er sich nach hinten um, „Ihr habt das super gemacht, vielen Dank für die Unterstützung bei den Ermittlungen. Als Belohnung fahren wir jetzt zu einem richtigen Strand."

Da jubelten die Kinder, aber Gereon meinte, „wir haben leider keine Badesachen mitgebracht."

„An diesem Strand wird ohne Badehosen gebadet," sagte Ricardo, „oder ist das für Euch ein Problem?"

„Nein", sagte Paul, „bei unserem Freund Gérôme schwimmen wir immer nackt."

„Der hat ein tolles Fitneßstudio, da gehen wir immer hin. Nicht war Papa, da sind alle nackt im Pool."

Gereon bestätigte dies und erzählte von dem außergewöhnlichen Ambiente in der Muskelfabrik, während Ricardo das Auto auf einen Dorfplatz lenkte und vor einer kleinen Kirche anhielt.

„Dies ist eine berühmte Wallfahrtsstätte," erläuterte er seinen Zuhörern. „Als die ersten christlichen Seefahrer hier auf die Insel kamen, landeten sie in der Bucht der Häuptlinge an. Die war wie ein natürlicher Hafen, aber dort lebten kaum Einheimische in der Nähe. Daher blieb der erste Besuch unbemerkt, bis ein paar Fischer auf eine provisorische Kapelle stießen, die von den Besuchern am Strand hinterlassen wurde. In einem halbierten Boot, als Schutz, stand eine goldene Marienfigur. Mit dem Heiligenschein dachten die Einheimischen sofort an ihre Sonnengöttin und transportierten die Figur und den Baldachin nach hier hinauf. In einer Höhle befand sich schon lange ein Tempel und jetzt hatte ihnen die Göttin ein Abbild gesandt."

Sie betragen die Kirche, die direkt am Berghang stand. Nach hinten führte diese nahtlos in eine natürliche Höhle hinein. Am Ende stand unter einem Baldachin, aus einem halben Boot, eine Frauenfigur mit goldenem Mantel und einem goldenen Heiligenschein. Rund herum brannten hunderte Kerzen, die Luft roch schwer nach Weihrauch.

Der Raum war beindruckend. „Warum ist die Kirche in einer Höhle?", fragte Paul.

„Weil die Menschen hier auf der Insel in Höhlen lebten. Es gab keine Werkzeuge, um Holz oder Stein zu bearbeiten. Die Ureinwohner bauen auch keine Boote, obwohl deren Vorfahren irgendwann über das Meer nach hier gekommen sein mußten."

Interessiert hörten sie der Erläuterung von Ricardo zu. Felix zupfte an der Hose seines Vaters und flüsterte, „ich muß mal Pipi machen."

Ricardo hatte es gehört und sagte, „draußen neben der Kapelle ist eine öffentliche Toilette.

„Das tolle Gebäude ist eine Toilette?", fragte Gereon entgeistert.

„Die wurde mit Geldern von der EU für die Gäste errichtet. Ein ziemlicher Skandal dieses Luxus-WC, für die reiche katholische Kirche. Geht aber bitte zusammen dahin und wenn irgend etwas passiert, kommt sofort zu mir." Dabei machte er ein strenges Polizistengesicht und die Jungs versprachen auf sich aufzupassen und verschwanden schnell. Gereon wunderte sich, was das jetzt sollte.

Als sie schließlich aus der Kirche traten, kamen die Jungs angerannt. „Wir haben ihn gesehen", riefen sie atemlos. „Den Küsser", schrie Felix.

Schnell ging Ricardo in Richtung der öffentlichen Toilette,

während sich die Familie Lukash einen schattigen Platz suchte. Nach kurzer Zeit kam er wieder zurück und schüttelte den Kopf, „da war niemand. Wo genau habt ihr den Mann gesehen?"

„Er stand neben uns am Waschbecken und dann sind wir schnell zu Euch gerannt," sagte Paul.

„Dann kann er eigentlich nicht weit sein", Gereon sah sich um, „vielleicht dort drüben in dem Devotionalienladen?"

Ricardo zog ein Gesicht, straffte die Schultern, als würde er sich vor etwas wappnen, und machte sich auf den Weg zu dem Geschäft. „Was sind Devotionalien?", fragte Paul. Vorsichtig, das komplizierte Wort betonend.

Gereon zeigte auf das kleine Schaufenster, „Dinge die Gläubige benötigen. Kerzen und Erinnerungsstücke und so etwas."

„Wie Souvenirs?", fragte Paul nach.

„Ja, so ähnlich, aber halt für Wallfahrer oder Menschen, die etwas anbeten."

Dann kam auch Ricardo schon zurück. „Und?", fragte Gereon nur und erntete ein Kopfschütteln.

„Keine Ahnung, ob die mir nichts sagen wollten oder konnten."

„Aber zur Polizei muß man immer alles sagen", ereiferte sich Felix und Gereon wuschelte durch dessen Haare.

„Das sind die Eltern von Pablo, die werden mir überhaupt nichts sagen," war die Antwort von Ricardo und die klang nicht freundlich. Dann wandte er sich um und verschwand kurz in der kleinen Polizeiwache am Platz, um seine Waffe zu deponieren.

Gereon meinte auf dem Weg zum Auto, vielleicht wäre der Gesuchte zum Priester der Kirche gegangen. Aber auch hier meinte Ricardo nur, „der würde nur unter Druck mit mir sprechen." Dann machten sie sich wieder auf den Weg.

Im Tal, zum Strand hinunter, waren zahlreiche Höhlen in der Felswand zu sehen. Bunte Türen schlossen einige ab und vor manchen flatterte Wäsche im Wind. Der Strand war mit nackten Menschen bedeckt. Jung und Alt waren dort versammelt. Gereon fiel auf, daß alle alternativ wirkten. Teilweise hatten die Körper thailändische Tempeltattoos, viele Männer und Frauen hatten wilde Dreadlocks auf dem Kopf. Felix und Paul schauten sich neugierig um.

Alle zogen sich am Auto aus und dann ging es zum wilden Meer. Die Brandung brachte hohe Wellen mit sich.

„Ihr dürft nur hier rechts in die flache Bucht", bestimmt Ricardo, „die Wellen ziehen Euch sonst zum Meer hinaus und ihr kommt nicht mehr gegen die Strömung an. Im Wasser sind Felsen, das Baden hier ist nicht ungefährlich."

Felix und Paul nickten und gemeinsam gingen alle vorsichtig ins Wasser.

Nach dem Baden trockneten sie in der Sonne, aber natürlich hielten die Jungs es nicht lange aus und rannten herum. Gereon ermahnte sie vorsichtig zu sein, aber Ricardo winkte ab, „hier wird ihnen nichts passieren. Die Hippies lieben Kinder."

„Ich habe viele Menschen Deutsch sprechen gehört", wunderte sich Gereon, „leben die Menschen hier? Und wovon leben die Menschen?"

Ricardo zuckte mit den Achseln, „keine Ahnung. Es ist eine Hippiekommune, die sich hier seit den 60er-Jahren des letzten Jahrhunderts etabliert hat. Aussteiger, die ihre Höhlen auch an anderen Menschen, für den Urlaub, vermieten. Einige bauen auch Lebensmittel an, produzieren Schmuck und solche Sachen. Bei den Einheimischen sind diese Menschen nicht beliebt, vor den Kirchen betteln einige. Einheimische leben seit Jahrhunderten nicht mehr in Höhlen und die Menschen hier verstehen sich als die spirituellen Nachfahren der Bewohner dieser Insel."

Als Ricardo den Kopf zurücklegte und das Gesicht in die Sonne hielt, konnte Gereon dessen Körper in Ruhe studieren. Der Polizist sah tatsächlich aus wie die Figur am Strand. Ein muskulöser, haarloser Körper und ein glattrasierter Schwanz von enormer Größe. Trotz der vielen Muskeln waren die Rippen unter der Haut sichtbar. Der Waschbrettbauch beeindruckend.

Fasziniert dachte Gereon, „schon wieder ein attraktiver Mann mit rasiertem Schwanz. Ob das bei mir auch gut aussehen würde? Vielleicht sollte ich Gérôme antexten und mich rasieren, wenn er es empfiehlt."

Als er an seinem Körper herunterschaute, sah er, daß sein Schwanz prall geworden war. Noch nicht steif, aber kurz davor. Er blickte wieder auf den perfekten Körper von Ricardo, das kantige, männliche Gesicht mit dem Bartschatten.

„Du schaust aus, als hättest Du dem Häuptling am Strand Modell gestanden", sagte Gereon schnell, als Ricardo ihn beim Anstarren erwischte. Der lachte nur und meinte, „vielleicht war es ja so? Kommt, wir gehen ins Wasser."

Gereon kam nicht umhin festzustellen, daß Ricardo auch seinen Körper genau betrachtet hatte und jetzt einen noch größeren und wesentlich angeschwollenen Schwanz vorwies. Dann wurde er am Arm gepackte und Ricardo zog ihn schnell ins Wasser hinein, wo niemand ihre Schwellung sehen konnte, obwohl an diesem Strand sicherlich schon schlimmere Dinge passiert waren.

Die Wellen brandeten am Hauptstrand, abseits der Kinderbucht, hoch gegen den dunklen Sandstrand. Rechts und links schaute das vulkanische Felsgestein, wie kleine Inseln, aus dem wilden Wasser heraus. Die nackten Menschen schmissen sich in die Wellen hinein, riefen und schrien, versuchten in die Wellentäler zu kommen, um dort mit ihren Körpern auf den Wellenkämmen zu surfen.

Ausgelassen rufend tauchte Gereon in der Welle unter. Ricardo hatte ihn mit starkem Armen umfaßt und drückte seinen nackten Körper und seinen steifen Schwanz gegen den Körper von Gereon. Die nächste Welle packte sie und lachend fanden sie sich am Strand wieder.

Bei der nächsten Runde umfaßte Ricardo, Gereon fest von hinten. Die Welle packte sie, der harte Schwanz drückte gegen die Arschbacken. Schnell rannte Gereon wieder in das Wasser, damit niemand sah, daß er steif und hart war.

Diesmal rangen sie ausgelassen wie Jugendliche, die steifen Schwänze rieben fest aneinander, ehe die Welle dem Spiel ein Ende bereitet und sie sich wieder am Strand fanden. Gereon und Ricardo immer noch fest gegenseitig umschlugen, preßten ihre Unterkörper zusammen. Die Schwänze pulsierend und beide Männer nicht Herr ihrer Sinne.

Zurück ins Wasser und wieder zum Strand, so ging es einige Zeit, bis sich Gereon, ohne es zu wollen, zwischen den Wellen im Tal wiederfand und merkte, wie das Meer ihn weiter hinauszog. Er geriet in Panik, während die Menschen es rund um ihn herum genossen. Schnell kraulend, versuchte Gereon zum Stand zurückzukommen. Er spürte, wie die Kraft ihn verließ, er würde es nicht schaffen. Dann packte ihn die Welle und er merkte, wie er kopfüber nach vorn gerissen wurde. Die Hände schrappten über das Vulkangestein und das Meer spuckte ihn am Strand aus. Sein Knie schlugen auf dem groben Vulkansplitt, der den Sandstrand ausmachte, auf und er blutete.

„Hast Du Dich verletzt?", fragte Ricardo besorgt. Benommen schüttelte Gereon den Kopf, die Lust war nach der Panikattacke verraucht und er suchten den Strand nach seinen Kindern ab. Die Schwänze waren nicht mehr steif, aber immer noch prall vom Blut und dem Gerangel im Wasser.

„Komm Inspector, laß uns nach meinen Jungs schauen", meinte Gereon, nachdem er zu Atem gekommen war und nahm die Hand des neuen Freundes, der ihm vom Boden hoch half, „ich liebe Wellen, aber das war mir zu heftig."

Felix und Paul spielten mit zwei Jungen in ähnlichem Alter am Rande der geschützten Bucht. Die beiden Jungen wirkten wild, mit ihren Undercut Dreadlocks Zöpfen, also genau so wie Gereons Jungs neue Bekanntschaften mochten.

„Laß die Jungs doch spielen und wir trocknen uns erst einmal in der Sonne," sagte Ricardo und blickte Gereon hungrig an, als sie sich abseits in den Schatten eines krüppeligen Strauches legten. Gereon verdammte die Welle, die sie getrennte und ihr Spiel beendet hatte. Die glatte Haut wollte er wieder spüren. Die Sensation als der andere Schwanz sich an seinen gedrückt hatte.

Totenhöhle

Ehe jedoch mehr passieren konnte, kamen Paul und Felix mit ihren neuen Freunden angerannt.

„Das sind Sunny und Tyler", wurden die Jungen von Paul vorgestellt.

„Sind das Eure Väter?", fragte der jüngere Sunny den verdutzten Felix. Doch Paul, sofort rot geworden, schritt umgehend ein, „bist Du dumm? Natürlich nicht, das ist unser Vater und ein Polizistenfreund."

„Polizisten finden wir nicht so cool", sagte der ältere Tyler mit zusammengekniffenen Augen, „keine Ahnung, ob Brenda bereit ist unsere Geheimnisse mit einem Bullen zu teilen?"

„Wer ist denn Brenda?", fragte Felix.

„Unsere Mutter natürlich", zuckte der dürre Sunny mit den Achseln.

Gereon war bereits aufgefallen, daß beide Jungen sehr dünn waren, nahtlos braun und trotz der Mittagszeit und einem normalen Wochentag, nicht in der Schule.

Sunny lief schnell zu Brenda, um nachzuhören, ob sie bereit wäre einen Bullen zu empfangen und Gereon fragte Ricardo, ob denn Ferien seien. Doch der schüttelte mit dem Kopf.

„Die Menschen hier in den Höhlen leben nach ihren eigenen Regeln. Die Kinder werden selbst unterrichtet", er zuckten mit den Schultern, „oder auch nicht."

Sie wurden zur Mutter von Sunny und Tyler vorgelassen. Nackt, wie viele anderen Bewohner dieser Kolonie auch, gingen sie auf schmalen Wegen vom Strand hoch in das Tal, zu den Felsen mit den Höhlen. Vor den Türen saßen Männer und Frauen, mit Perlenketten oder Muscheln geschmückt. Teilweise in bunten, weiten Kleidungsstücken.

Auch Brenda, die Mutter der beiden Jungen, saß in weiten Hosen und ohne Oberteil vor ihrer Behausung. Die großen Brüste hingen schlaff herab und die Haare hatte sie wild in einen losen Zopf gebunden.

In ihrem Schneidersitz hatte sie eine Trommel gestellt, gemeinsam mit einigen anderen Personen machte sie rhythmische Musik, zu der ein dünner Mann, mit knielangen Dreadlocks und einer Schambehaarung, die den kleinen Schwanz fast überdeckte, langsam tanzte. Die Luft roch süßlich. „Haschisch", flüsterte Ricardo, Gereon zu.

Sunny unterbrach seine Mutter, ohne auf die anderen Anwesenden zu achten, oder sich an ihrer Musik zu stören. Sie schaute den Besuch mit verschleierten Augen an. Eindeutig stoned, dachte Gereon entsetzt. Langsam stand die Frau auf und bedeutete ihnen, ihr zu folgen.

„Als wir auf dieser Insel strandeten, waren wir schiffbrüchige Existenzen. Auf dem Ozean des Konsums, des Wohlstands und der Karriere waren wir verlorengegangen und hier gelandet. Wir wollten nur ein Leben ohne Konventionen und in spiritueller Freiheit führen und dann fanden wir diese Höhle", Brenda zeigte auf einen großen Höhleneingang vor ihr.

„Dort lebten die Geister der Ureinwohner und warteten auf würdige Hüllen, um zu erwachen. So wurde ich erleuchtet und zur Hüterin der Totengeister, mit denen ich auch meine Söhne zeugte."

Gereon schaute zu den Kindern. Seine Jungs starrten mit großen Augen auf die seltsame Frau, Sunny schaute verklärt und stolz, während Tyler die Augen verdrehte. Die Frau betrat die Höhle und winke ihnen zu folgen. Paul fragte Tyler, „echt jetzt? Dein Vater ist ein Geist?"

„Eher der Geist aus der Tüte", meinte Tyler scharf, „die fickt doch mit jedem, sind bestimmt zwei verschiedene Geister unsere Väter."

Paul schaute fasziniert auf die rohe Art des Jungen. Ein zweiter Freund Kevin für ihn, dachte Gereon nicht gerade begeistert. Dann schüttelte er mit dem Kopf. Nein, das war für die Entwicklung der zwei gut. Sie wurden viel zu behütet in einem wohlhabenden Umfeld groß.

Als sie den Höhleneingang durchschritten hatten, fanden sie sich in einem kühlen großen Raum wieder.

An den Wänden aufgereiht und auf dem Boden verteilt, auf Betten bestehend aus groben Steinen, lagen unzählige Mumien. Vertrocknete menschliche Körper, in Leder eingebunden.

Felix verschwand sofort hinter Gereon und drückte sein Gesicht ängstlich an dessen Hintern. Paul schaute seinen Vater fragend an, das Gesicht voller Entsetzen. Ehe die Sache für die Jungen zu traumatisch wurde, gingen sie schnell wieder ans Tageslicht.

Es dauerte nicht lange dann kamen auch Sunny und Tyler wieder heraus. Ricardo und Brenda ließen sich mehr Zeit. Als diese wieder vor die Höhe traten, meinte Brenda, „wir sind die wahren, spirituellen Einheimischen hier. Die anderen Menschen beuten das Land unserer Vorfahren aus. Daher kämpfen wir für die Natur und das ursprüngliche Leben."

Als Gereon die Frage stellt, wogegen oder wofür sie denn kämpfte, zuckten Sunny und Tyler zusammen. Anscheinend wollten diese die Passion ihrer Mutter nicht hören, sie packten Paul und Felix und rannten den Pfad hinunter zum Meer.

Damit hatten sie gutgetan. Brenda berichtete vom veganen Leben im Einklang mit der Natur, den Heilkräften von Mineralien und der Pharmaindustrie, die verhindere, daß die Menschen ohne Krebs und ansteckende Krankheiten leben könnten, nur um Geld zu scheffeln. Kurz bevor sie wieder an ihrer Höhle ankamen, zeigte Brenda den Berg hinauf. Dort konnte man Baumaschinen stehen sehen. „Sie wollen einen Golfplatz bauen. Einen verfickten Golfplatz", schrie sie, mehr als daß sie sprach. „Verficktes Geld wollen Sie verdienen, anstatt sich mit dem, was diese wunderbare Natur ihnen bietet zufrieden zu sein. Umweltsünden! Das werden wir verhindern!"

Demonstration

Am Abend im Bett lag Gereon lang wach, er dachte an den Nachmittag mit Ricardo und fühlte sich schuldig. Er hatte das Gefühl, fremdgegangen zu sein. Als er darüber nachdachte, mußte er leise lachen. Er hatte gerade realisiert, daß er nicht gedacht hatte er wäre gegenüber seiner Frau fremdgegangen, nein! Er hatte das Gefühl, gegenüber seinem Freund Gérôme fremdgegangen zu sein. Was für ein Unsinn, wie kam er nur darauf. „Ich bin überhaupt nicht fremdgegangen. Punkt!", flüsterte er tonlos.

Dann spürte Gereon, wie jemand zu ihm unter die Decke gekrabbelt kam. „Ich habe Angst", flüsterte Felix, als er sich an seinen Vater kuschelte.

Auch Paul stand am Bett, „Es sind keine Mumien bei uns im Bett. Nun komm schon zurück! Sonst ist es Essig mit weiteren Ausflügen."

„Warum weitere Ausflüge?", fragte Gereon leise.

„Mama erlaubt es niemals, wenn sich Felix anstellt wie ein Kleinkind", zischte Paul."

„Ich bin kein Kleinkind", jammerte Felix viel zu laut, „es sind Mumien bei mir im Bett."

Ihre Mutter drehte sich grunzend herum und schlief zum Glück weiter.

„Was für Ausflüge möchtet Ihr denn machen?", fragte Gereon Paul, während er Felix beruhigend tätschelte.

„Hier ist es so langweilig mit Euch", meinte Paul trotzig, „wir wollen mit dem Bus zu Sunny und Tyler. Die haben gesagt hier geht ein Bus bis zu ihrem Tal."

„Aber nicht mehr zu den Toten", jammerte Felix mit belegter Stimme.

Gereon versprach Paul, daß er am nächsten Morgen mit ihnen darüber sprechen würde, dann nahm er Felix fest in den Arm und alle schliefen ungestört bis zum nächsten Morgen.

Melinda war selbstverständlich dagegen, daß die Kinder etwas auf eigener Faust unternehmen wollten. Aber dann war es doch zu verlockend, daß sie ungestört von den Kindern sein würde und sie stimmte zu.

So kam es, daß Gereon mit den beiden Jungs gemeinsam den Bus nahm und in das Tal der Höhlen fuhr. Dabei kamen sie auch an der Baustelle des Golfplatzes vorbei. So seltsam Brenda und ihre Ansichten auch waren. Der Golfplatz war derzeit eine braune Wunde in der Landschaft und Gereon meinte sich zu erinnern, daß zur Pflege jede Menge Pestizide und Wasser benötigt würden. Umweltsünden stimmte schon, aber wovon sollten die Menschen auf dieser Insel denn leben? Golfspieler brachten bestimmt viel Geld mit, um es hier hoffentlich auszugeben.

Nachdem Gereon Paul und Felix bei ihren Freunden abgegeben hatte, verbrachte er einen wunderbar langweiligen Tag an der Seite seiner Frau. Am Nachmittag wurde er jedoch unruhig und machte sich mit dem Bus auf den Weg, um die Bengel abzuholen. Wenn sich der Hin- und Rückweg eingespielt hätte, dann würden sie diesen auch allein absolvieren können.

Auf der Rückfahrt erzählten die beiden begeistert von den Früchten und Nüssen, die sie probiert hatten, von den seltsamen Menschen, die dort lebten, den komischen Gerüchen und dem Mann mit den vielen Piercings. Die zwei hatten einen guten Tag gehabt und ihren Horizont erweitert, das freue Gereon.

Als Paul und Felix jedoch vom Höhlensystem unter der Insel berichtet und wie sie mit Sunny und Tyler durch die dunklen Gänge gewandert waren, da freue sich Gereon nicht mehr, sondern bekam ein ungutes Gefühl.

„Du glaubst es nicht Papa. Die Höhlen gehen wie Tunnel durch die ganze Insel. Plötzlich stehst Du bei fremden Leuten im Keller, oder Du stehst am Rande des Meeres. Dort haben früher Piraten angelegt", begeisterte sich Paul.

Felix wollte seinem Bruder wohl nicht nachstehen und ergänzte, „manchmal sind die Höhlen groß wie eine Kirche und manchmal sind die Gänge ganz klein und eng. Tyler hat die Kerze ausgepustet und wir hatten richtig Angst im Dunkeln unter der Erde."

„Nein, ich hatte keine Angst", trompetet Paul.

„Natürlich" quakte Felix, „natürlich hattest Du auch Schiß. Aber Tyler hatte Streichhölzer und eine Ersatzkerze mit. Wir haben hängende und stehende Säulen gesehen. Aus Stein, da tropfte immer das Wasser so ganz langsam. Kennst Du so etwas, Papa?"

Gereon, dessen Magen sich zusammengekrampft hatte, als er von der gefährlichen Exkursion seiner Söhne hörte, mußte gegen den Reflex ankämpfen mit ihnen zu schimpfen und strickt diese unterirdischen Ausflüge zu verbieten. Seine Eltern kamen ihm in den Sinn und kurz fragte er sich, wie sein Vater mit ihm umgegangen wäre.

„O.K.", sagte Gereon gedehnt, „das klingt spannend. Die Säulen sind Tropfsteine und die hängenden nennt man Stalaktiten und die stehenden Stalagmiten."

„Das kann sich ja keiner merken", stöhnte Felix.

„Klar doch", lachte Paul, „Stalaktiten – wie die Brüste einer Frau. Titten die hängen, halt".

„Paul!", rief Gereon entsetzt.

Worauf dieser nur, „sorry", murmelte und Felix leise kicherte.

Gereon fuhr fort. „Die Höhlen gehen tatsächlich bis in die Keller fremder Leute und zum Meer?"

Die Jungs nickten.

„Faszinierend. Mich wundert, daß Brenda ihre Söhne da unten herumlaufen läßt. Normalerweise braucht man in Höhlen eine besonders gute Ausrüstung. Könnt Ihr Euch vorstellen warum?"

„Hm", meinte Paul, „weil dort etwas passieren könnte?"

„Gut", nickte Gereon, „was könnte denn passieren?"

„Man könnte sich ein Bein brechen", zählte Felix auf.

„Die Kerze könnte ausgehen", kam von Paul.

„Wann geht denn eine Kerze aus?", fragte Gereon.

„Naja bei Wind", meinte Felix.

„Und wann noch?", fragte Gereon, „was haben wir zu Hause experimentiert?"

„Ah", leuchteten die Augen von Paul, „wenn zu wenig Sauerstoff da ist. Wir haben ein Glas über eine Kerze gestellt und zuerst leuchtete diese weiter. Dann nach und nach wurde sie dunkler und ging schließlich aus."

„Prima", nickte der stolze Vater, „manchmal gibt es Stellen dort weht unterirdisch ein Wind, dann geht die Kerze vielleicht aus. Oder es gibt Stellen mit schlechter Luft, dann geht nicht nur die Kerze aus, auch wir Menschen brauchen Luft zum Atmen."

„Das klingt jetzt viel gefährlicher als es war", meinte Felix verärgert.

„Nein, das glaube ich nicht", sagte Gereon und ergänzte, „was ist mit der Verletzung, die ihr angesprochen habt. Hattet Ihr eine ordentliche Ausrüstung und gutes Schuhwerk an."

„Nein", schüttelte Paul den Kopf, „wir waren ja nackt, wie alle dort und hatten nur unsere Flipflops an."

„Der Boden war ziemlich uneben und ich habe mir an einem scharfen Stein in den Arm geschnitten", sagte Felix und zeigte die Kratzwunde.

„Sunny und Tyler kennen sich dort aus, aber man könnte sich

auch verlaufen", sagte Paul nachdenklich, „da war doch was mit der Frau in Griechenland und dem Faden."

„Ariadne", nickte Gereon, „aber ich glaube, man braucht mehr als einen Faden, eine Kerze und Flipflops, wenn man eine Höhle erkunden geht. Mein Ihr nicht auch?"

Da nickten Paul und Felix nachdenklich.

„Das war vielleicht gefährlich?", fragte Felix kleinlaut.

„Das war ganz bestimmt sehr gefährlich", nickte Gereon.

„Tyler sagte, es wäre eine Mutprobe", meinte Paul.

„Mutproben sind immer schlecht", sagte Gereon, „Mut bedeutet, daß man in einer ausweglosen Situation über sich hinauswächst und z. B. einem anderen Menschen hilft. Mut heißt nicht, daß man sich bewußt in eine Situation begibt, die man vermeiden kann. Gut, was haben wir daraus gelernt?"

„Daß wir nicht mehr in die Höhlen gehen sollen?", kam es fragend von Paul.

„Verbietest Du es und?", fragte Felix.

„Ich möchte nicht, daß Ihr noch einmal in die Höhlen geht. Bis zu den Mumien oder in die Wohnhöhle von Brenda ist es in Ordnung, aber nicht weiter hinein. Ihr habt gerade selbst festgestellt, daß dieses Risiko nicht zu kontrollieren ist. Versprochen?"

„Versprochen", sagten Paul und Felix und Gereon war froh, daß er sie hatte überzeugen können. Es war alles gut gegangen und sie hatten auf jeden Fall etwas gelernt.

Beim Abendessen waren seine Söhne klug genug ihrer Mutter nicht Schräges und Ungewöhnliches, sondern stattdessen von den Umweltaktivitäten zu berichten und dem Engagement gegen den Golfplatz.

„Opa spielt aber auch Golf", wandte Melinda ein, „ich glaube nicht, daß wir den Kampf gegen einen Golfplatz gut finden sollten." Daraufhin schwieg Paul, während Felix sich nicht stören ließ, über die ungleiche Verteilung der Wasserrechte auf der Insel, zu sprechen.

Am nächsten Tag döste Gereon in der Sonne als sein Handy vibrierte und er sah, daß Ricardo versuche ihn zu erreichen.

„Hey", meldete er sich, nachdem er abgenommen hatte, „grüß Dich mein Freund, alles O.K.?"

Es war nicht alle O.K. Es hatte Ausschreitungen bei einer Demonstration gegen den Golfplatz gegeben und dort hatte Ricardo auch Paul und Felix aufgegriffen.

„Melinda, mein Schatz. Die Jungs möchten abgeholt werden, ich mache mich auf den Weg."

„Wie willst Du Paul und Felix denn abholen? Mit dem Bus?"

„Nein, nein. Pablo ist so nett und fährt uns."

Das war zwar nicht so ganz richtig, aber Gereon wollte sich erst selbst ein Bild von der Situation machen und Pablo wartete tatsächlich bereits am Hoteleingang und grinste Gereon vom Bock seines klapprigen Motorrollers an.

Ohne Helm knatterten sie los. Gereon mußte die Taille von Pablo umklammern, sonst wäre er bei der rasanten Fahrt verlorengegangen. Dabei spürte Gereon die harten Bauchmuskeln des jungen Mannes, schob sich ein wenig näher an den Körper heran. Er roch nach Duschgel und die Haut war feucht vom Schweiß. Pablo war ein guter Fahrer und fuhr die kurvigen Straßen hinauf, bis zum Platz vor der Wallfahrtskapelle.

Vor der kleinen Polizeiwache drängten sich nun einige Fahrzeuge. Anscheinend lokale Polizei, wie an der Aufschrift zu erkennen war und der SUV von Ricardo stach daraus hervor.

„Vielen Dank, daß Du mich hergebracht hast", sagte Gereon.

„Kein Problem. Besucht mal die Kapelle, wenn ihr fertig seid. Die ist sehenswert", nickte Pablo über den Platz hinüber.

„Da waren wir bereits mit Ricardo. Deinen Eltern gehört das

Geschäft dort drüben?"

Pablo verzog das Gesicht und nickte. Schaute dann auf das Regenbogenarmband von Gereon und sagte, „ich dachte zuerst, Du hättest keine Familie."

„Wegen des Armbands?", fragte Gereon.

Pablo nickte und sagte, „und Ricardo meinte", lies dann den Satz aber unbeantwortet.

„Ich dachte Ricardo wäre auch verheiratet? Ich meine, weil", Gereon ließ den Satz ebenfalls unbeendet.

„Ihr Bisexuellen habt es leichter", flüsterte Pablo, während er auf den Boden schaute. „Wenn Ricardo mich nicht schützen würde, ich wüßte nicht, was aus mir geworden wäre."

Gereon wollte gerade antworten, als Ricardo auftauchte und ihm die Hand auf die Schulter legte. Dann verabschiedete sich Gereon von Pablo und ließ sich von Ricardo berichten.

Regelmäßig, einmal im Monat, fanden Proteste der Hippies gegen den Golfplatz statt. Die lokale Polizei war dann mit einem Streifenwagen vor Ort, wenn ein buntes Völkchen aus dem Tal herauszog. Der Trupp trommelte, tanzte dazu und die Demonstranten sangen Mantras. Transparente in verschiedenen Sprachen zeigten ihre Anliegen. Mehr ein Happening als eine Demonstration. So war dies bisher.

Heute war die Stimmung, laut Aussage der Polizisten vor Ort, vollkommen anders. Der Demonstrationszug kam wie immer auf das Plateau über dem Meer gezogen. Ein Polizeiauto mit einer Streifenbesatzung markierte die Grenze des Baugrundstückes. Dann war eine wilde Frau vorgetreten und hätte die Stimmung angeheizt. Die Demonstranten hatten Stöcke, ähnlich wie Holzspeere, in den Händen und strömten an den hilflosen Polizisten vorbei auf das Baugelände. Dort kaperten sie Baumaschinen, ketteten sich an diese und warfen mit vereinter Kraft einen Bagger, der am Rande der Klippe zum Meer stand, in die Tiefe hinunter.

Verängstigt von der Raserei waren Gereons Söhne zum Polizeiauto gerannt, die Polizisten hatten jedoch genug damit zu tun die wenigen restlichen Kollegen der Insel zur Unterstützung anzufordern. Auch jetzt noch waren die Baugeräte von den Demonstranten besetzt und es sollten Handwerker die Ketten mit der Flex aufschneiden, damit der Spuk beendet würde.

In der kleinen Polizeiwache herrschte Chaos. Die verhafteten Demonstranten saßen im Schneidersitz auf dem Boden und sangen. Paul und Felix standen ängstlich und mit verweinten Gesichtern in die Ecke gedrängt, von Tyler und Sunny war nichts zu sehen.

Gereon nahm seine Söhne in den Arm, diese weinten herzzerreißend los und klammerten sich an ihn. Ricardo scheuchte die drei auf den Vorplatz der Kirche, wo sie sich auf eine Bank setzten.

Gereon beruhigte seine Söhne. Ricardo wollte erfahren, was passiert war und Gereon wies seine Jungs daraufhin, wie wichtig es sei eine Aussage ohne Dramatisierungen zu machen, damit die Polizei die Arbeit machen könne.

Freundlich verhörte Ricardo, Paul und Felix und diese berichteten, wie begeistert Sunny und Tyler von den monatlichen Demonstrationen gesprochen hatten.

„Wir empfanden es als falsch, daß ein Golfplatz errichtet werden soll", meinte Paul, „er zerstört die Natur und kostet viele Ressourcen. Das Geld fließt dann an die reichen Leute."

„Wer sind denn die reichen Leute", fragte Gereon nach einem Seitenblick auf Ricardo, „wir sind doch auch reiche Leute."

„Wir sind doch nicht reich!", meinte Felix empört.

„Im Gegensatz zu den Menschen auf der Insel schon, denke ich", zuckte Gereon mit den Schultern. „Ihr wolltet also etwas verändern?"

„Ja", nickte Paul, „wir wollten etwas verändern. Etwas Gutes für die Umwelt tun, in dem wir mithelfen den Golfplatz zu verhindern."

„Wie soll denn der Golfplatz verhindert werden?", fragte Ricardo.

Doch da zuckten die beiden nur mit den Schultern.

„Durch Demonstrationen?", fragte Paul mehr als er es als Aussage meinte.

„Brenda ist auf einmal komplett abgedreht", sagte Felix, der sich einigermaßen beruhigt hatte.

„Die hat rumgeschrien. Die Geister der Ureinwohner würden in ihrer Ruhe gestört und jedes Mittel wäre recht diesen Frevel zu verhindern", ergänzte Paul.

Eine junge Frau war an Ricardo herangetreten. Nach einem kurzen Austausch und einem vorsichtigen Seitenblick von ihr, in Richtung des Devotionalienladens, brachte sie ein Tablett mit Gläsern voller Limonade.

„Das ist die Schwestern von Pablo", sagte Ricardo, nachdem sie wieder gegangen war, „ein nettes Mädchen, sie arbeitet in der Bar dort drüben. Das erklärte für Gereon den vorsichtigen Seitenblick, ehe sie sich der kleinen Gruppe näherte und nach den Wünschen fragte.

„Glaubt ihr denn, daß jedes Mittel recht ist den Golfplatz zu verhindern?", fragte Gereon seine Söhne.

Die schüttelten mit den hängen Köpfen.

„Ist es Umweltfreundlich ein Baugerät in das Meer zu stoßen?"

Wieder schüttelten die Jungen den Kopf und Paul meinte, „was ist, wenn der Diesel ausläuft?"

„Wißt ihr, wenn ihr etwas für die Umwelt oder für andere Dinge, die Euch wichtig sind, tun wollt, dann habt ihr meine Unterstützung", sagte Gereon und hielt die Hand hoch, ehe jemand etwas sagen konnte. „Aber ich glaube, Demonstranten sind etwas Passives oder in diesem Fall sogar destruktiv. Wer etwas verändern möchte, der muß aktiv und konstruktiv sein."

Die Jungs schauten verwirrt und auch Ricardo schien nicht zu wissen, worauf Gereon hinauswollte.

„Wer etwas verändern will, der macht dies nicht durch eine Demonstration. Damit macht man auf einen Mißstand aufmerksam oder will etwas gewaltsam verändern. Das meine ich mit passiv und destruktiv. Wenn man etwas verändern will, dann muß man etwa machen. Die Natur von Müll reinigen, einen Bach säubern oder Ähnliches. Das ändert etwas. Anpacken, das ist viel besser und schwieriger. Das wäre aktiv und konstruktiv. Ich glaube, die Menschen in dem Tal sind einfach nur zu faul, um zu arbeiten und möchten nur ihr spezielles Leben ohne Konventionen schützen und nicht die Natur."

Da nickten seine Zuhörer, auch wenn alle drei die Worte vielleicht nicht ganz verstanden hatten und Gereon führte weiter aus.

„Glaubt ihr denn Gewalt gegen Eigentum oder sogar gegen die Polizisten ist eine Lösung für das Golfplatzproblem?", Paul und Felix schüttelten mit dem Kopf.

„Warum?", fragte Gereon, um sich sicher zu sein, daß die beiden begriffen hatten.

„Weil", sagte Paul vorsichtig, „die Sachen einer unschuldigen Baufirma gehören und nicht dem Besitzer des Golfplatzes."

„Weil die Polizisten die Guten sind und nicht verletzt werden dürfen", krähte Felix, der sich wieder auf sicherem Terrain befand.

„Weil die Menschen hier ohne den Golfplatz nicht leben können. Weil wir den Tourismus brauchen, um Geld zu verdienen", schloß sich Ricardo in Richtung der Jungen an, „und weil ich nicht glaube, daß ein Golfplatz für die Natur schlecht ist. Warum soll gepflegte Natur unnatürlicher sein als ungepflegte Natur?"

Mehr konnten die Jungs nicht zu den Ermittlungen beitragen und da sie strafunmündig waren gab es nichts mehr zu tun. Gereon untersagte weitere Besuche bei den Hippies und sie fuhren mit dem Bus zurück zum Hotel.

Bar El Guanche

Gereon stand auf dem Balkon und schaute zum Sternenhimmel hinauf. Wolkenlos war der Himmel über dem Meer. Vereinzelt die Positionslampe eines Fischerbootes, wie ein Stern im Wasser. Stille herrschte, nur das Rauschen der Wellen.

Die Jungen hatten Angst vor der Reaktion von Melinda gehabt, Gereon auch. Schließlich bekam er, wie befürchtet, den Großteil der Schimpfe ab.

Jetzt schliefen alle und Gereon hielt das Gespräch mit Pablo wach. War er Bisexuell? Diese Frage hatte er sich nie gestellt. Er hatte nie seine Sexualität hinterfragt.

Gereon erinnerte sich unbestimmt an unerfüllte, unbestimmt Lust in seiner Jugend. Den betrunkenen Sex mit Melinda in der Besenkammer des Amtsgerichtes. Dabei war Paul entstanden, Felix war das Produkt einer Nacht am Strand im Urlaub. Beide Male waren sie vom Alkohol enthemmt und hatten eine wunderbar halb exhibitionistische Situation erlebt, die ihn so sehr stimulierte. Das war heute auch am Strand so großartig gewesen. Frei, für alle sichtbar hatten sie herumgetobt.

Uwe aus Berlin kam Gereon in den Sinn. Wie erotisch es war, mit anderen Männern nackt zu sein, wie sie gegenseitig gewichst hatten. Auch hier war er davon ausgegangen, daß es nicht die Personen, sondern das Gefühl der Freiheit, Offenheit und Sichtbarkeit waren es, die ihn erregten.

Kurz gingen seine Gedanken zurück nach Berlin. Wo Uwe sein Bein streichelte und meinte „ein bißchen bi schadet nie". Dann, wie er die Hand von Gereon an seinen großen, dünnen, rasierten

Schwanz geführt hatte.

Uwe hatte versuchte ihn zu küssen, aber er hatte sich abgewendet, das würde ihm nicht noch einmal passieren. Den Schwanz vom Uwe, hatte er aber nicht losgelassen. Er hatte diesen dann langsam abgewichst, während er den anderen Männern beim Sex zuschaute. Wie sie dort leckten, fickten und sich die Schwänze bliesen, in einem großen, geilen Durcheinander.

Und schon wieder kam ihm Gérôme in den Kopf. Wie er das Gefühl hatte gegenüber Gérôme fremdzugehen, als er mit Ricardo im Wasser getobt hatte. Ob Ricardo bisexuell war? So hatte er Pablo verstanden.

Leise ging Gereon ins Zimmer zurück und nahm die am Boden liegenden Shorts und das Shirt auf und schlich zur Zimmertüre. Dann machte er sich auf den Weg zur Bar vor dem Hotel.

Vor der Bar saß eine Gruppe Männer und Frauen. Die Unterhaltung war laut und es wurde gelacht. Volle und leere Flaschen standen auf dem Tisch. Als Gereon sich näherte, stand einer der Männer auf und begrüßte ihn freudig. Es war Ricardo, der ihn umarmte und seiner Frau vorstellt. Er hatte den Freund nicht erkannt. In Zivil war er in Shorts und T-Shirt unterwegs. Gereon kannte ihn nur in Uniform und nackt.

Ricardos Frau war eine schlanke, hübsche Person. Langes dunkles Haar umrahmte ein mandelförmiges Gesicht. Gereon wollte die Runde nicht stören. Es war ihm auch unangenehm die hübsche Frau kennenzulernen. Das letzte erotische Zusammentreffen mit ihrem Ehemann noch im Sinn.

Deshalb ging Gereon an die Bar zu Pablo, den er schließlich treffen wollte. Der freute sich ihn zu sehen und fragte, ob mit Paul und Felix alles O.K. wäre.

Pablo wartete nicht auf eine Antwort und zog eine Zeitung hinter dem Tresen hervor. Auf der Titelseite war groß ein Bild der verstorbenen Frau abgebildet.

„Interessant, das Bild hat bestimmt mein Freund Jan an Ricardo gesendet. Kannst Du mir sagen, was im Text steht?", fragte Gereon.

„Klar, es wird dort beschrieben, wo die Frau gefunden wurde und daß sich jeder melden soll, der die Frau gesehen hat.", mit diesen Worten reichte Pablo ein Getränk zu Gereon rüber.

Sich hinter seinem Getränk verschanzend schaute sich Gereon um, ob niemand in der Nähe war. Dann sagte er leise zu Pablo, „was meintest Du heute mit den Bisexuellen?"

„Na ja, zuerst habe ich gedacht Du bist gay. Wegen des Regenbogenarmbandes, aber dann habe ich Deine Söhne kennengelernt und Deine Frau", Pablo verzog ein wenig das Gesicht. „Ich habe gedacht mein Gaydar streikt, aber dann habe ich gemerkt das zwischen Dir und Ricardo was ist." Pablo machte eine unbestimmte Geste mit der Hand.

„Meinst Du, er hält mich für attraktiv?", fragte Gereon zögernd.

Pablo lachte, „er hat es mir sogar gesagt."

Da wurde Gereon rot und rief laut und entsetzt, „er hat was?" Dann schaute vorsichtig zum Tisch hinüber und wandte er sich wieder an Pablo, „Du bist schwul?"

Pablo nickte.

„Aber, ist das auf einer kleinen katholischen Insel nicht ein Problem? Nicht jeder lebt doch hier wie ein Hippie?"

Dabei ließ Gereon den Blick über das Gesicht und den Körper des jungen Mannes schweifen. Er war anders als Ricardo, aber auch er hatte etwas südländisch Erotisches. Es durchzuckte Gereon wie ein Stromschlag, als Pablo sich in den Schritt griff und dort sein Schwanz und Sack frei umher schwang. Ob er keine Unterwäsche trug? Gereon wurde heiß. Was war nur mit ihm los?

Pablo schaute Gereon an, grinst und nickte dann. Sein Blick wurde traurig. Er setzte sich auf den Barhocker neben Gereon. Ihre nackten Beine berührten sich und Pablo fragte, „willst Du meine

KONSTANTIN ZAZULA

Geschichte hören?"

Pablo

„Ich empfand andere Jungen schon als immer attraktiv, obwohl ich es nicht so genannt hätte. Vielleicht ist faszinierend ein besseres Wort. Ich wünschte mir neben ihnen zu sitzen oder in der Freizeit etwas gemeinsam zu unternehmen. Ich habe bei den Pfadfindern mitgemacht, um bei einem Jungen zu sein, der mir gefiel. Ich konnte Nächte nicht schlafen, weil er mich nicht beachtete."

Pablo lachte als er das leise Gereon erzählte, während seine Hand auf dessen Oberschenkel lag. „Ich machte mich zum Affen, damit er mich sah. Aber er sah mich nicht an. Ich habe passioniert Fußball gespielt. Das gemeinsame Duschen nach dem Sport fand ich wunderbar. Daß ich es erotisch fand, war mir noch nicht bewußt, ich kannte solche Worte nicht.

Du hast recht, hier beherrscht alles die Heilige Mutter Kirche und wirtschaftlich der Conde. Das Fußballspielen leitete ein junger Vikar, der auch bei mir in der Schule Sport und Deutsch unterrichtete. Ich war immer ein herausragender Schüler, hauptsächlich in den Sprachenfächern und in Sport. Ich lernte Altgriechisch, Latein, Englisch und Deutsch. Spielte Fußball, Handball, Basketball, mit Begeisterung und war immer schon ein guter Wellenreiter. Heute würde niemand mehr in einem Team mit mir spielen, geschweige denn mit mir nach dem Training Duschen, wollen, also bleibt mir das Surfen und das Krafttraining.

Am Strand lernte ich Juan kennen. Er ist der Sohn des Conde de la Cueva und war einen Jahrgang über meiner Klasse, ehe er kurz vor dem Schulabschluß auf ein Internat wechselte. Wir trafen uns jeden Tag, mit anderen jungen Männern am Strand und ich wollte ihm gefallen. Ich wollte, daß er auf mich aufmerksam wird. Er war in meinen Augen bereits ein Mann und ich noch ein Junge, obwohl wir nur ein Jahr auseinander waren.

Meine Familie ist tiefgläubig. Seit Generationen gehört uns das Geschäft neben der Kirche und wir leben von den Pilgern. Die Sonntagspflicht erfüllte ich immer und mochte auch die feierlichen Zeremonien, die Kerzen den Weihrauch und vor allem die bei uns zelebrierte lateinische Messe. Daher war es für mich ein Schock, als ich merkte, daß ich anders war. Ich wollte es nicht wahrhaben, laß heimlich im Lexikon über die Pubertät und über Sexualität nach. Verschlang die kleinen Artikel begierig und träumte nachts von anderen Jungen.

Durch Zufall hatte ich den ersten Sex mit mir selbst. Ich lag auf dem Teppich in meinem Zimmer und versuchte mehr über Sex zwischen Männern herauszufinden. Ich horchte aufgeregt ins Haus hinein, doch meine Eltern kamen selten zu meiner Schwester und mir ins oberste Geschoß des Hauses. Schnell zog ich die Hose herunter, so daß mein harter Schwanz zwischen meinem Bauch und dem Teppich war.

Die Teppichborsten stachen in meinen Schwanz und ich bewegte mich ein wenig hin und her, während ich über die Homosexualität im antiken Griechenland laß. Es war ein unbeschreibliches Gefühl, als ich stimuliert wurde. Meine Gedanken drifteten zu Juan, wie er sich am Strand umzog. Ein perfekter Hintern, wie ein Apfel im Spätsommer. Das Gefühl im Unterleib wurde immer intensiver, unerträglich. Es war wie Schmerzen, aber wundervolle. Es war wunderschön und mit einem leisen Aufschrei kam ich.

Ab diesem Nachmittag wichste ich jeden Abend im Bett, nach dem Abendgebet. Ich schwor Gott und den Heiligen, daß dieses Mal das letzte Mal sei. Ich hatte furchtbare Gewissensbisse und fand trotzdem immer eine Ausrede dafür.

Ich konnte meine Hände nicht bei mir halten und wenn wir gemeinsam am Strand waren, dann versuchte ich Juan immer zu berühren und körperlichen Kontakt zu bekommen. Wir wurden, zu meiner Freude, immer bessere Freunde und für mich war es etwas Besonderes, wenn er seine Hand auf meine Schulter legte oder seinen Arm um meine nackte Taille, um für ein Foto zu posieren.

Als wir, nach einem wunderschönen Tag am Wasser, in dem kleinen Café am Strand saßen, berührten sich unter dem Tisch unsere nackten Füße. Ganz zärtlich strich Juan über meine Zehen. Dabei unterhielt er sich weiter ungezwungen mit den anderen Freunden.

Ich konnte mich nicht mehr auf die Unterhaltung konzentrieren und lehnte mich nach vorn, um meine beginnende Erektion zu verbergen. Vorsichtig streckte ich den anderen Fuß nach oben und strich über den festen, muskulösen Unterschenkel meines Freundes.

Es war eine wilde Feier, wir tranken viel Alkohol und der Fuß von Juan kam immer höher, strich an meinen Oberschenkeln entlang und suchte den Weg durch das Hosenbein zu meinem Schanz und Sack. Ich verlagerte mein Gewicht, um ihm besseren Zugang zu schaffen und versuchte still zu sein. Niemand bemerkte uns, als der Fuß von Juan meinen harten Schwanz berührte. Ein wenig Druck und ich kam bereits, ein Aufstöhnen mußte ich trotz der Intensität des Gefühls unterdrücken. Naß lief es meinen Oberschenkel hinunter, als die anderen aufbrachen und wir mit ihnen gehen mußten. Wie gut, daß es dunkel war und niemand den nassen Flecken bei mir bemerkte.

Am nächsten Samstagabend war Don Juan bei uns in der Kirche. Wir saßen nebeneinander im Dämmerlicht und drückten die Beine aneinander. Nach der Kommunion schlichen wir uns hinaus und liefen zur WC-Anlage. Dort griffen wir begierig unsere Schwänze und rieben diese. Eilig, damit wir nicht erwischt wurden. Fast gleichzeitig kamen wir und ich lehnte mich nach vorn und küßte Juan zart auf die Lippen.

Er stieß mich hart zurück, gegen die gefliese Wand. Beschimpfte mich als *Maricon* und ich solle froh sein, daß ich seinen Schwanz halten dürfte. Ich fragte, was er denn glaube, was er sei, wenn er mit meinem Schwanz spiele. Doch er sagte nur, es sein ein Ersatz, bis er an eine Frau herankäme und richtigen Sex haben könnte. Er würde experimentieren und dann lief er hinaus und ließ mich mit meinem tropfenden Schwanz zurück.

Ich fühlte mich schmutzig und zurückgelassen. Nie wieder ging ich zu diesem Spot Surfen, Don Juan verschwand aus meinem Leben und es dauerte lange bis wir uns wiedersahen. Ich wollte es auch nicht, ich war nicht würdig und sündig. So fühlte ich mich und quälte mich damit herum, bis ich beschloß zur Beichte zu gehen."

Gebannt hatte Gereon zugehört und die Erotik dieser Geschichte war nicht ohne Folgen geblieben. Unter seiner Shorts war er hart geworden. Pablo hatte seine Hand langsam den Oberschenkel hoch gleiten lassen und seine Fingerspitzen waren jetzt bereits auf dem zarten Fleisch unter dem kurzen Hosenbein zu spüren.

Vorsichtig spähte Gereon durch den Raum. In dem Moment brummte das Mobiltelefon von Pablo und er stand auf, um einen Blick darauf zu werfen.

„Meine Schwester", meinte er nur. Tippte dann etwas und kam leider nicht zu Gereon zurück. Statt dessen lehnte er sich über den Tresen und erzählte leise weiter.

„Ich ging in die Beichte zum Vikar. Ich saß im Dunklen hinter dem Vorhang und konnte nur die Füße des Mannes sehen, er trug schwarze Socken und hatte haarige Beine.

Ich berichtete alles, was ich erlebt hatte, sprach mir alle meine Sorgen über meine Sexualität und mein erstes sexuelles Erlebnis vom Leib. Daß ich dabei auch Juan verriet, kam mir nicht in den Sinn. Ich glaubte an das Beichtgeheimnis.

Der Vikar sagte nichts. So redete ich immer weiter und als ich vom Sex nach der Messe sprach, grunzte er auf und ich dachte daran, was für schlimme Strafen er mir für diese Sünde verhängen würde.

Statt dessen sah ich im fahlen Licht milchige Spritzer auf dem Boden zwischen seinen Schuhen. Deshalb hatte ich seine Beine sehen können, er mußte mit hochgezogener Soutane im Beichtstuhl gesessen haben. Vielleicht machte er es immer, um sich an den sexuellen Sünden seiner Schäfchen einen herunterzuholen.

Mir kam in den Sinn, wie er beim Duschen immer Aufsicht führte und die nackten Körper anschaute. Wie er uns mit nacktem Oberkörper Waldläufe machen ließ. Ein Priester mit Begierde.

Zur Strafe legte er mir Exerzitien auf."

Ein anderer Gast hatte die Bar betreten. Es dauerte nicht lange bis Pablo den Gast bedient hatte und mit weiteren Getränken zu Gereon an die Theke kam.

„Was dann kam, war nicht so schön. Ich war nicht der Einzige der Exerzitien leisten mußte. Dahinter verbargen sich auch keine geistigen Übungen, sondern sexueller Mißbrauch.

Ich mußte dem Vikar den Schwanz blasen, wenn wir danach allein waren. In den gemeinschaftlichen Runden mußten wir von unseren sexuellen Träumen berichten. Die anderen waren fast noch Kinder, gerade in der Pubertät oder darüber hinaus. Verängstigt und nicht wie ich ein fast Erwachsener der in seiner Entwicklung hinten an geblieben war.

Irgendwann entschied ich gegen den Willen meiner Eltern nicht mehr an den Exerzitien teilzunehmen. Da kam der ehemalige Vikar, der nunmehr die Pfarrstelle übernommen hatte, zu uns ins Haus und zwang mich, mit Unterstützung meiner Eltern, mit ihm in das Pfarrhaus zu gehen. Ich wäre von einem Teufel besessen, anders sei meine Abwendung, von der heiligen Pflicht, nicht erklärbar.

Ich kann heute nicht mehr verstehen, warum ich mitgegangen war. Ich war doch volljährig. Aber ich war damals noch nicht reif, mehr Jugendlicher als Mann. Er führte mich in sein Schlafzimmer und hielt mir den Mund zu, schlug mich gegen die Wand und keuchte, daß er mir den Teufel meiner Lust austreiben würde. Dann drehte er mich um, zog mir die Hose herunter und mit Gewalt schob er seine Finger in meinen Hintern. Ich schrie auf, aber seine Hand erstickte den Schrei und dann wurden seine Finger durch etwas Größeres, Hartes ersetzt, er schob seinen Schwanz in mich hinein.

Er war ein starker, muskulöser und sportlicher Mann. Einmal in mir, arretierte er mich mit dem anderen Arm und fickte mich hart und tief durch. Dabei betete er laut, eine Litanei. Es dauerte nicht lange dann kam er und ließ mich zu Boden fallen.

Ich schrie vor Schmerzen und ich blutete aus dem After. Doch der Priester schlug mir fest ins Gesicht und erzählte meinen Eltern irgendeine Geschichte.

Meine Eltern spürten, daß etwas nicht in Ordnung war, aber würden nie einen Priester in Frage stellen. Daher verblieb es dabei und ich fragte mich, was ich machen solle. Ich stellte verwundert fest, daß Juan ins Internat verschwunden war. Der Arm des Priesters war wirklich lang."

Pablo sagte eine Zeitlang nichts. Ihre Erregtheit war verschwunden und Gereon fühlte sich aufgewühlt und betroffen, welche Wendung die Geschichte genommen hatte. Sexuelle Gewalt und Nötigung, die Ausnutzung einer Machtposition in der Gemeinde. Wie viele Jungen und Mädchen würde dieser Priester brechen und mißbrauchen? Machte niemand etwas dagegen? Aber Gereon sagte nichts und wartete auf die weitere Geschichte von Pablo. Der schaute auf und sprach weiter.

„Ich hatte niemandem, zu dem ich gehen konnte. Die Schule gehörte der Kirche, meine Familie gehörte der Kirche. Da kam ein junger neuer Polizist ins Dorf. Er war frisch verheiratet und unglaublich sexy. Er stand an seinem Streifenwagen, die verspiegelte Sonnenbrille auf der Nase und ich fragte mich, ob ich ihm vertrauen könnte.

Wir haben eine Gaybar am Strand von Guiné. Ich betrat sie nie, aber ich drückte mich in der Nähe herum. Da sah ich Inspector Ortiz, wie der mit einigen Schwulen am Tisch auf der Terrasse saß und mit ihnen lachte und Spaß hatte. Mein Entschluß stand fest. Als er kurze Zeit später von der Terrasse zu seinem Auto ging, nahm ich mein Herz in die Hand, ging zu ihm und fragte, ob er mir Rat geben könnte.

Die komplette Geschichte mit Juan erzählte ich zunächst nicht, nur den Teil von den Exerzitien und der Mißhandlung. Er glaubte mir sofort und wir gingen zum Priester, den er mit meinen Aussagen konfrontierte. Natürlich wurde alles abgestritten, aber Ricardo kann sehr, sehr bedrohlich sein, wenn er will. Der Täter wurde nicht bestraft, aber es fanden keine Exerzitien mehr statt. Weder für mich noch für die Kinder und Jugendlichen.

Obwohl er nichts mit der lokalen Polizei zu tun hatte, war Ricardo mehr als notwendig bei mir im Ort und hatte die Kirche und seinen Priester immer unter Beobachtung.

Ich hätte vielleicht versuchen können, ob jemand im Tal der Höhlen oder von den Urlaubern in der Gay Bar Lust auf Sex gehabt hätte. Aber nach der Vergewaltigung durch den Priester war ich sexuell gehemmt und verängstigt. Ich war mit mir nicht im reinen und wußte nicht, was ich sexuell wollte.

Obwohl, das ist eigentlich nicht die Wahrheit. Ich wußte genau, was ich wollte. Ich wollte Ricardo.

Also kaufte ich eine gute Flasche Wein und ging mich bei ihm bedanken. Es war nicht selbstverständlich, daß er einem *Maricon* half. Als ich dies ansprach, sagte er ganz frei, daß er bisexuell sei und deshalb kein Problem mit mir habe. Ich schaute mich sofort um, mit welcher Selbstverständlichkeit er das sagte und wie laut, das schockte mich. Aber er lachte nur laut und sagte, seine Frau wisse davon, in der Stadt unter den Studenten sei freie Sexualität kein Problem."

Wieder brummte das Handy von Pablo, jemand rief an und er ging den Anruf annehmen.

Gereons Blick folgte dem jungen Mann. Pablo hatte breite Schultern und muskulöse Arme vom Sport und Krafttraining. Ein breiter Nacken, der Rücken V-Förmig zu den Hüften schmaler werdend. In den hübschen Anblick vertieft bemerke Gereon auf einmal, wie Pablo ihm Signale gab, während er hektisch in sein Mobilgerät sprach. Also Gereon nicht wie gewünscht reagierte, rief Pablo laut den Namen Ricardo und etwas auf Spanisch.

Sofort kam Ricardo zu ihnen in die Bar hineingerannt und nahm das Telefon vom Barmann, hörte zu und warf gelegentlich leise etwas ein.

Währenddessen war Pablo auf den Barhocker neben Gereon zurückgekehrt. Das seriöse Gespräch war anscheinend vorbei, denn wieder kam die Hand des attraktiven Mannes langsam in das Hosenbein von Gereon gewandert.

Dann trat Ricardo zu ihnen an den Tresen. Pablo machte keine Anstalten die Hand aus Gereons Hosenbein zu nehmen. Er schob vielmehr noch etwas weiter die Finger hinein, bis diese seinen Hodensack berührten.

„Das war Pablos Schwester", sagte Ricardo zu Gereon und nickte dabei zum schamlosen Pablo hinüber. Schaute auf die Hand, die ihren Weg in die Tiefen der Hose von Gereon suchte und grinste.

„Du weißt Gereon, Pablos Schwester, die in einer kleinen Bar am Platz vor der Wallfahrtskirche bedient. Als sie eben ein paar ruhige Minuten hatte, schlug sie die Tageszeitung auf und las den reißerischen Bericht über die Tote im Meer und sah das Bild der Frau. Sie dachte, sie sehe nicht richtig. Diese Frau war bei ihr in der Bar gewesen und war danach zum Pfarrhaus gegangen."

Da schaute Gereon erstaunt und fragte, was als Nächstes auf dem Plan stände.

„Jetzt seid ihr beschäftigt und ich angetrunken. Morgen fahren Gereon und ich gemeinsam zum Pfarrer und vernehmen ihn. Ich werde Dich als deutschen Staatsanwalt vorstellen."

Locker gegen den Tresen gelehnt schirmte das breite Kreuz von Ricardo, Pablo und Gereon vom Rest des Raumes ab. Er machte keine Anstalten wieder zu seinen Freunden zu gehen.

„Ich habe Gereon von mir erzählt", sagte Pablo und griff nach Gereons Hodensack.

„Erzähl ihm von uns!", pushte Ricardo, „dafür coverst Du mich, wenn wir eine Bootstour machen."

Gereon wußte nicht, was Ricardo meinte, aber als Pablo fortfuhr, zog dieser den Bund der Hose herunter und legte seinen Schwanz frei. Vorsichtig schaute Gereon in den Raum, aber Ricardo zwinkerte nur mit dem Auge. Der Schwanz von Pablo war dunkel und bog in einer eleganten Kurve von der Basis aus zum festen, muskulösen Bauch des jungen Mannes ab.

Ohne Umstände griff Pablo dann in die Shorts von Gereon, um dessen hartes Teil zu umfassen und mit der anderen Hand Gereon zu sich zu dirigieren, bis dieser den dunklen, krummen und immens harten Schwanz von Pablo umschloß.

„Seitdem trafen wir uns regelmäßig und es war wie eine Therapie für mich. Mit Ricardo durfte ich über meine Träume und Wünsche sprechen. Seine Frau kochte etwas und wir saßen lange zusammen.

Nach ein paar Wochen, in denen ich regelmäßig Ricardo besuchte, gingen wir gemeinsam an einen ruhigen Strand. Seit langer Zeit wollte ich noch einmal surfen und Ricardo wollte mir dabei zusehen. Es kam aber nicht dazu. Ricardo zog sich aus und als ich ihn nackt vor mir sah, da wußte ich, ich konnte meine Sexualität ohne Sorge ausleben.

Wir küßten uns, zuerst im Stehen und dann legten wir uns auf den Sand. Ricardo biß vorsichtig in einen meiner Nippel und ich hätte mir nie die Lust vorstellen können, die dies auslöste. Ich hatte Vertrauen in diesen starken Mann und blies seinen steifen Schanz und zum ersten Mal kümmerte sich jemand um meine Lust, als er mich blies, bis daß ich in seinem Mund kam.

Das hatte nicht lange gedauert und ich war ein wenig beschämt, aber Ricardo nahm mich in den Arm und wir genossen die Sonne und das Rauschen des Meeres.

Nachdem ich mich erholt hatte, drehte ich mich um und präsentierte schamlos meine Rosette. Es traf mich wie ein Kübel kalten Wassers, als die Zunge von Ricardo mich dort berührte, leckte und dann in mich eindrang.

Er leckte mich bereit und dann fingerte er mich, leckte mich wieder und dann endlich und ganz vorsichtig schob er seinen wunderbaren Schwanz in mich hinein. Es tat weh und er wartete, ehe er weitermachte und es war ein Glücksgefühl, wie voll er in mir war.

Hinein und wieder hinaus bearbeitete er mich langsam und gefühlvoll. Wurde dann schneller und mit einem tiefen Kuß in meinem Mund kam er in mir."

Während Pablo sprach, hatten sie gegenseitig ihre Schwänze bearbeitet. Zum Ende hin, als Pablos Geschichte zum sexuellen Höhepunkt hinarbeitete wurden sie schneller und schneller und heiß schoß bei den letzten Worten der Samen aus dem Glied von Gereon heraus, über den Tresen und traf Ricardo voll im Gesicht.

Mit einem leichten grunzen kam Pablo direkt nach ihm. Dick lief das Sperma über die Hand von Gereon. Die Gruppe von Ricardo war so laut, niemand hatte sie gehört. Pablo leckte Gereons Sperma von seiner Hand und Ricardo wischte über sein Gesicht tat es ihm gleich, als draußen laut Stühle gerückt wurden und die Gesellschaft sich auflöste.

Ricardo trat hinaus und winkte zum Abschied, ein freches Grinsen im Gesicht.

„Bis morgen!"

„Habt ihr es danach regelmäßig gemacht?", fragte Gereon, Pablo.

„Nein," schüttelte Pablo mit dem Kopf. „Ricardo ist seiner Frau treu. Also auf seine Art. Er macht immer nur einmal mit einem

Mann Sex. Er hatte es mir vorher erzählt, aber natürlich hoffte ich insgeheim auf mehr. Aber ich mag seine Frau sehr und daher verdränge ich den Gedanken."

Es waren keine Gäste mehr da. Pablo mußte noch saubermachen und für die Nacht schließen.

„Laß mich noch das Ende erzählen", meinte der, während er den Tresen mit einem feuchten Tuch abwischte.

„Padre Maricon wie Ricardo und ich den Priester jetzt immer nannten war von seinen sexuellen Bedürfnissen abgeschnitten. Das sollte sich rächen. Als ich, gezwungen von meinen Eltern, eines Feiertags in der Kirche saß, redete sich der Priester in Rage. Er spie und schimpfte über die Verderbtheit der Menschen in der heutigen Zeit. Pornographie und Sodomie verdammte er und die alten Damen mit ihren Mantillas waren entsetzt.

Dann zeigte er auf mich und rief meinen Namen, ‚Pablo Ruiz López' und verbannte mich wegen Sodomie aus der Kirche."

Gereon schaute mich großen Augen, „das kann er einfach so machen?"

Pablo zuckte mit den Schultern.

„Was hat Ricardo dagegen gemacht?", frage Gereon weiter. Als wäre Inspector Ortiz allmächtig und könne jedes Problem lösen.

„Nichts. Er konnte nichts machen. Meine Eltern warfen mich auf die Straße. Die Schule expellierte mich und dem Priester war nichts nachzuweisen. Was sollte Ricardo machen? Zuerst nahm er mich bei sich und seiner Frau auf. Ich verdanke ihnen alles. Ricardo besorgte mir den Job hier in der Bar und im Hotel, seine Frau besorgte mir eine kleine Wohnung.

Aber ich werde nie meinen Traum verwirklichen können und Deutsch und Sport studieren, niemals werde ich Lehrer werden."

Padre Maricon

Der Ausflug von Gereon war unbemerkt geblieben. Trotzdem fühlte er sich ein wenig schmutzig und vor allem übermüdet. Da tat es gut im Pool Bahnen zu ziehen, während seine Frau und die Kinder sich für das Frühstück fertig machten.

Die Morgensonne glitzerte auf dem Wasser und bei der meditativen Gleichförmigkeit des Schwimmens, dachte Gereon nach. Er gestand sich ein, daß er Männer attraktiv fand und vielleicht bisexuell sei. Wobei er immer noch der Meinung war, daß die semiexhibitionistischen Situationen wichtiger waren als das Geschlecht. Vielleicht wäre es eine gute Idee es Ricardo gleichzutun. Einmal ist keinmal, sagte schließlich die Redensart. Also Schlußfolgerung Nummer 1 an diesem Morgen: Sex mit Männern war O.K., wenn es nur einmal passierte.

Wie dem auch sei, das gegenseitige Wichsen hatte ihm sehr gefallen. Pablo war ein netter junger Mann, der es verdient hatte, mehr im Leben zu erreichen, als nur Gläser zu spülen und Betten zu machen. Wegen seiner Sexualität die Träume nicht leben zu können und seine Fähigkeiten nicht nutzen zu können, das machte Gereon ärgerlich.

Nach der Wende und beim Schwimmen der nächsten Bahn kam Gereon sein Freund Gérôme in den Sinn. Der machte diese Woche seine Ausbildereignungsprüfung. Er mußte nachher gleich nachhören und gratulieren. Vielleicht wäre er an einem Auszubildenden wie Pablo interessiert? Das wäre ein guter Ersatz zum erhofften Studium und der Arbeit als Deutsch- und Sportlehrer. Der Beruf des Sport- und Fitneßkaufmanns wäre vielleicht ein guter Kompromiß und Gérôme hätte mit Pablo einen süßen Azubi. Somit stand die zweite Schlußfolgerung des Tages fest: Pablo eine neue Heimat und Aufgabe verschaffen.

Zufrieden mit sich selbst und der gedanklichen Leistung, früh am Morgen, stieg Gereon aus dem Wasser und ging in das Zimmer, um sich fertig zu machen und Gérôme eine Nachricht zu schreiben.

Natürlich wollten die Jungs ihren Vater begleiten, wenn er mit Ricardo das Verhör führen würde. Als er sich eine lange Hose und ein Hemd anzog, um ordentlich auszusehen, tanzten sie die gesamte Zeit um ihn herum und bettelten, mitkommen zu dürfen. Gereon blieb hart und er mußte die zwei ermahnen, zu ihrer Mutter zu gehen. Was sie dann auch beleidigt machten.

Der Platz vor der Wallfahrtskirche flimmerte in der Hitze und als Gereon aus dem klimatisierten Polizeiauto stieg, traf ihn die Wärme wie ein Hammer. Die Räume des Pfarrhauses hingegen waren kühl und alt. Es dauerte nicht lange bis Gereon die Kälte durch seine dünnen Sommerschuhe in den Körper hineinkriechen merkte.

Kühl war auch der Pfarrer, der sie empfing. Aber mit Gereon im Schlepptau schien er sich professionell zusammenzureißen. Ricardo und Gereon gingen davon aus, daß der Pfarrer der deutschen Sprache nicht mächtig wäre. Da sie dies jedoch nicht ausschließen konnten, hatten Sie abgesprochen, welche Fragen sie stellen wollten.

Ricardo und der Padre unterhielten sich auf Spanisch. Die Argumente gingen hin und her. Die Diskussion hörte sich hitzig an. Aber für die Ohren eines Deutschen klang es immer als würden sich die Spanier streiten, wenn sie ein Gespräch miteinander führten.

Gereons Blick ging durch den Raum. Regale voller alter, in Leder gebundener Bücher. An den Wänden dunkle Ölgemälde von Heiligen und eine vergoldete Madonnenfigur neben der Türe. Er stand auf und trat zum Fenster, um hinauszuschauen. Kurz unterbrachen die beiden ihr Gespräch, setzten es nach einem Blick zu ihm jedoch fort.

Am Fenster stand ein Schreibpult und darauf lagen Briefe und andere Unterlagen. Gereons Blick fiel auf eine Zeichnung. Er schob die darauf liegenden Unterlagen beiseite und in dem Moment sprang der Pfarrer, wie von der Tarantel gestochen, auf und rannte zu ihm hinüber. Ricardo folgte bei Fuß.

Der Padre wollte Gereon die Zeichnung entreißen, aber der zog diese schnell weg und Ricardo packte den Arm des Geistlichen und hielt ihn zurück.

„Was ist das für eine Zeichnung?", fragte Gereon und der Priester antwortete in perfektem Deutsch, „ich glaube nicht, daß Sie dies etwas angeht."

„Ah", meinte Gereon überrascht, „Sie sprechen ja die deutsche Sprache."

„Natürlich, ich bin schließlich Deutschlehrer. Aber das ist nicht die Frage. Lassen Sie die Finger von meinen persönlichen Sachen."

„Wir sind hier, um Sie über den Tod einer Frau zu befragen. Diese Frau war in das Golfplatzprojekt involviert. Wissen Sie inwiefern?", wandte sich Gereon an den Mann in der schwarzen Sutane.

Der Priester machte eine wegwerfende Geste, „Frau Augustus sollte sich um die Vermarktung der Immobilie in Deutschland kümmern. Mehr nicht."

„Das ist schließlich ein zentraler Punkt.", wandte Gereon ein. „Lief die Vermarktung gut?"

„Das kann ich nicht sagen."

„Wirklich nicht?"

„Nein!"

„Mir ist aufgefallen, daß die Baustelle ruht."

Der Priester wandte sich ohne Antwort ab und so hakte Ricardo nach, „noch einmal die Frage: Was wollte Frau Augustus bei Ihnen, Hochwürden?"

Der Priester setzte sich in den Sessel und schaute Ricardo nur durchdringend an. Gereon zeigte auf die Bauzeichnungen, „haben Sie die Zeichnungen von Frau Augustus erhalten?".

„Nein!"

Ricardo fluchte laut auf Spanisch, was sehr intensiv klag und der Priester verzog den Mund und sagte, „der Baugrund gehört dieser Gemeinde. Ich muß viele Dinge abwägen, ehe es zu einem Verkauf kommt. Darüber haben wir gesprochen."

„Was mußten Sie abwägen?", fragte Gereon.

„Die moralische Dimension."

„Die wäre?"

„Meine Angelegenheit."

Nach einigem herumdiskutieren in spanischer Sprache sagte Ricardo, „wir drehen uns im Kreis. Es sind Zeichnungen für ein Hotel auf dem Land der Kirchengemeinde. Hochwürden sagt er hätte das Bauvorhaben der ermordeten Frau abgelehnt. Also schau mal, ob noch mehr Unterlagen hier herumliegen."

Unter dem offensichtlichen Protest des Pfarrers untersuchten Ricardo und Gereon den Schreibtisch und konfiszierten mehrere Pläne und Unterlagen. Dann verabschiedeten sie sich und traten in die Hitze des Dorfplatzes hinaus.

Sie gingen zur kleinen Bar, in der die Schwester von Pablo bediente. Im Schatten einer Markise bestellten sie bei dem hübschen jungen Mädchen Getränke und Ricardo bat diese danach Platz zu nehmen und mit ihnen zu sprechen.

Leider sprach die junge Frau kein Deutsch, also vertiefte sich Gereon in die Baupläne und die Grundskizze. Es handelte sich um eine Apartmentanlage, die offensichtlich am Rande des geplanten Golfplatzes entstehen sollte. Zu erkennen war eine kleine

Kapelle, die in eine dörfliche Szene integriert werden sollte. Die Grundstücksgrenzen in roter Farbe, zeigten das Gebiet im Besitz der Kirchengemeinde.

Dann gingen Gereons Gedanken zu Pablo, der hatte erwähnt, daß der Vikar Deutschlehrer war. Ein Fehler dies zu vergessen. Das hätte auch anders laufen können.

Als die Frau den Tisch verließ, beugte sich Gereon zu Ricardo herüber und meinte leise, „so! Was haben wir heute gelernt?"

Ricardo fuhr sich mit den Händen über das Gesicht, der Dreitagebart verursachte ein kratzendes Geräusch.

„Sicherlich bin ich voreingenommen, aber beim Padre ist etwas faul. Zuerst stritt er ab, das Mordopfer zu kennen, dann gab er zu, sich mit der Frau unterhalten zu haben, aber es wäre nur eine Touristin gewesen. Eine Zufallsbekanntschaft. Wie gut, daß Du die Bauzeichnungen gefunden hast. Danach mußte er zugeben, daß er ein Angebot für den Verkauf von Gemeindegrund erhalten habe. Aber er will nicht darüber sprechen, welche seine moralischen Gründe sind, die er erwägen muß."

„Die Idee eine Apartmentanlage in Form eines Dorfes zu bauen, finde ich ganz hübsch", meinte Gereon mit Blick auf die Zeichnungen.

„Daß die Frau Immobilienspezialistin war, hat uns Jan bestätigt", ergänzte Ricardo mit dem Blick auf die Pläne, „ich kann mir gut vorstellen, daß diese Anlage Käufer bei Euch in der Stadt gefunden hätte. Wir sollten einen Videocall mit Jan ansetzen und hören, wie die Vermarktung lief."

„Was können wir sonst noch aus den Unterlagen erkennen?", fragte Gereon und beugte sich tiefer über die Papiere, die sie vom Pfarrhaus mitgenommen hatten.

„Hm", meinte Ricardo und kratze sich am Kinn, „ich würde sagen ungefähr die Grundfläche des geplanten Hotels gehört der Pfarrgemeinde. Schau hier, rund um die alte Kapelle. Das Gelände zum Meer, wo der Golfplatz geplant ist, gehört dem Conde."

„Golfplätze brauche nicht nur viel Fläche, sondern auch viel Wasser."

„Das paßt, Wasser hat der Conde genug."

„War der Padre überrascht, daß seine Geschäftspartnerin verstorben ist?", fragte Gereon nach kurzer Zeit.

Ricardo schüttelte mit dem Kopf, „nein, er wußte natürlich Bescheid. Der katholischen Kirche entgeht hier nichts. Aber ich frage mich, warum er so großen Abstand zu der Frau halten wollte. Es ist doch auch in seinem Interesse, daß dieses Geschäft zustande kommt."

„Und was sagt Pablos Schwester?", fragte Gereon und nickte in Richtung des Bartresens.

„Sie konnte nur berichten, daß die beiden intensiv und leise miteinander gesprochen hätten. Dann hatte sie den Eindruck, es hätte Streit, gegeben. Die Zwei seien aufgesprungen und über die Straße gerannt, wobei der Pfarrer gerufen habe, ‚ich lasse mich nicht von ihnen erpressen'."

Eine Zeitlang schwiegen Gereon und Ricardo, jeder hing seinen Gedanken nach. Dann fragte Gereon, „wissen wir überhaupt sicher, daß es sich um einen Mord handelte?"

Ricardo zuckt mit den Schultern, „die Obduktion ergab Verletzungen an den Händen und Füßen. Verursacht durch ein Hanfseil. In der Lunge war Sand, der beim Ertrinken dort eingedrungen sein muß. Es ist sehr unwahrscheinlich, daß es sich um Selbstmord oder einen Unfall gehandelt hat."

Bei der Verabschiedung am Hotel waren sich beide einig, daß sie erst einmal über die Dinge nachdenken müßten. Als sie sich die Hand gaben, sagte Ricardo, „ach, fast hätte ich es vergessen. Pablos Schwester sagte, daß sie den Pater auch mit den Leuten von den Höhlen gesehen hätte."

„Welche von den Leuten?", fragte Gereon.

„Brenda.“

„Oh, da solltest Du noch einmal nachhören. Vielleicht weiß die mehr als wir bisher wissen?“

„Nein, mach Du das bitte. Vielleicht erfährst Du mehr als ich. Du weißt doch, daß die Polizisten nicht so gerne mögen.“

Brenda

Gereon langweilte sich schon bald, sie lagen in der Sonne und nichts passierte. Der Fall war auch nicht spannend, der Besuch beim Pfarrer hatte nichts ergeben. Gereon vermutete die Sache würde im Sande verlaufen.

Voller Unruhe fragte er seine Familie, ob jemand mit ihm spazierengehen wolle. Aber niemand hatte Lust. Also machte er sich allein auf den Weg.

Seine Beine führten ihn zum Baugrundstück des Golfplatzes. Er trat an den Klippenrand und schaute zum Bagger hinunter, der in der Brandung lag. Es würde eine schwierige Arbeit sein, den Schrott nach oben zu hieven.

„Ist es nicht schade, daß dieses wunderbare Stück Natur dem Kommerz geopfert werden soll", sagte eine bekannte Stimme hinter Gereon.

Er drehte sich nicht um und meinte, „ist es nicht schade, daß das Meer durch diesen Bagger verschmutzt wird?"

Hinter ihm stand Brenda, die Arme unter ihren nackten Brüsten verschränkt. „Kollateralschäden, die werden den schon wieder herausziehen."

„Und der Diesel, der das Wasser verschmutzt?"

„Die Natur holt sich alles zurück."

Gereon schüttelte mit dem Kopf, „ich verstehe, daß ihr die Natur erhalten wollt. Aber Eure Mittel sind nicht angemessen." Sie schaute ihn an als er das sagte und er ergänzte, „finde ich zu mindestens."

„Wir haben keine Autobahnen, gegen die wir kämpfen müssen. Wir haben keine Kohlekraftwerke, gegen die wir kämpfen müssen. Aber wenn wir nicht gegen diesen Golfplatz kämpfen, dann haben wir vielleicht als Nächstes einen Hubschrauberlandeplatz für die Hotelgäste und eine Autobahn und einen Flughafen und, und, und."

„Der Fortschritt kann nicht aufgehalten werden, wenn die anderen Menschen hier den Fortschritt wollen."

Brenda zuckte mit den Achseln und sagte nichts. Ihre Augen gingen über seinen Körper. Dann sah sie ihn wieder ins Gesicht, „ihr wart beim Dorfpfarrer?"

Gereon war überrascht, „woher weißt Du das denn? Ich dachte, ihr lebt, hier isoliert."

Da lachte Brenda frech und es war nichts mehr von ihrem esoterischen, verklärten Auftreten zu spüren, „ich weiß alles!"

Gereon schaute sie nur an. Der Wind vom Meer frischte ein wenig auf. Dann fuhr Brenda fort, „er hat es mir erzählt."

„Du sprichst mit einem Pfarrer und dazu noch einem der ein Grundstück für einen Hotelbau verkaufen möchte?"

Sie grinste, „hat er aber nicht. Ich spüre die Bedürfnisse von Menschen und vielleicht sind seine persönlichen Bedürfnisse größer als die seiner Gemeinde."

Ehe Gereon etwas sagen konnte, fuhr Brenda fort, „ich sehe auch Deine Bedürfnisse und die des jungen Mannes aus der Bar. Er sollte vorsichtig sein, damit sein heimlicher Geliebter nichts davon erfährt."

„Welcher heimliche Geliebte?", fragte Gereon verwundert.

Doch Brenda grinste nur, „wenn ich es sagen würde, dann wäre es schließlich kein heimlicher Geliebter mehr."

Gereon dachte, daß Brenda bestimmt auf Ricardo anspielen würde. Also warum das Ganze weiterverfolgen. Ging die Frau schließlich nichts an, wie die Verhältnisse bei Ricardo zu Hause waren. Statt dessen fragte er, „wird jetzt jemand anderes das Projekt hier finanzieren?"

„Keine Ahnung, es gibt immer reiche Säcke mit zu viel Kohle. Aber keiner wird so hartnäckig sein wie die Immobilienzicke. Auch als ich ihr Geheimnisse erzählte, konnte diese sie nicht davon abbringen."

Gereon wollte gerade nachfragen, was sie nun schon wieder meinte, als laut rufend Sunny und Tyler angelaufen kamen.

„Kommt!", sage Brenda stahlhart und die Jungs zuckten zurück, warfen Gereon einen ängstlichen Blick zu und folgten ihrer Mutter mit gesenkten Köpfen. „Der Conde ist pleite", rief Brenda Gereon über die Schulter zu, „der finanziert hier nix", dann lachte sie hysterisch und ging den Weg zu ihrem Tag hinab.

Auf dem Rückweg hatte Gereon Zeit nachzudenken. Der Conde war pleite, er brauchte Frau Augustus damit diese Menschen in Deutschland zur Finanzierung und zum Betrieb des Golfplatzes besorgte. Brenda war nicht so abgeschieden, wie er dachte. Sie hatte sowohl Kontakt zum Priester als auch zur Immobilienmaklerin. Brenda liebte Geheimnisse, steckte die Nase in die Angelegenheiten anderer. Woher wußte Brenda von diesen Dingen, niemand hatte Pablo und ihn gesehen? Vor allem, aber war die Frage, was konnte Brenda dem Priester anbieten?

Wie angewurzelt blieb Gereon stehen. Was, wenn Brenda ihren Sohn Sunny angeboten hatte? Wäre sie bereit ihr Kind den sexuellen Bedürfnissen eines katholischen Priesters zu opfern? Gereon bekam Gänsehaut bei dem Gedanken. Nein! Nein, nein, nein. Das konnte nicht sein. Keine Mutter würde so unsinnige Dinge wie den Kampf gegen einen Golfplatz über die Bedürfnisse ihres eigenen Kindes stellen.

Dann dachte Gereon an Sunny und Tyler und wie die softe Brenda im Drogennebel, plötzlich die scharfe Zielgerichtete Brenda ohne Drogen geworden war, wie die Söhne von ihr zusammenzuckten, als würden sie Schläge erwarten. Seltsam, diese Frau, die er soeben erlebte, hatte er nicht erwartet.

Verschwitzt kam Gereon in der Hotelanlage an und ging zum Abkühlen in den Pool. Zum Nachdenken kam er nicht mehr, denn mit einem großen Platsch kamen Paul und Felix in den Pool gesprungen.

Erst auf der Liege, im Halbschlaf gingen die Gedanken von Gereon weiter. Von wem wollte sich der Pfarrer nicht erpressen lassen und welche Bedürfnisse konnte ihm Brenda befriedigen? Vielleicht hatte Ricardo recht und er sollte Brenda noch einmal besuchen. Vielleicht war es möglich mehr aus ihr herauszuholen, wenn sie bekifft war.

Segeltörn

Am nächsten Tag stand ein Ausflug mit Ricardo auf dem Programm.

Nach dem Schwimmtraining betrachtete sich Gereon kritisch im Badezimmerspiegel. Er hatte den Wortwechsel von Pablo und Ricardo in der Bar im Sinn. Der Tag könnte vielversprechend werden. Also nahm Gereon seinen Rasierschaum und seinen Rasierer und begann die Stoppel unter seinen Armen zu rasieren, danach war erst die Brust dran, dann nahm er sich den Bauch vor. Er bildete sich ein, daß der schon etwas fester geworden war. Er hatte sich mit dem Essen zurückgehalten und auf Kohlenhydrate verzichtet, war fleißig jeden Tag geschwommen.

Gereon zupfte an seinen Schamhaaren. Sollte er? Wollte er? Er gab sich einen Ruck und begann die Schamhaare und die Haare an seinem Hodensack abzurasieren. Danach nahm er sich seine Arschspalte vor. Sein Schwanz wurde hart, bei dem Gedanken, warum er das machte.

Zum Schluß betrachtete er das Ergebnis im Spiegel und er gefiel sich. Seine Hand fuhr über die glatte Haut über dem Schwanz und um den Sack herum. Ein intensives Gefühl, daß würde er jetzt immer so lassen. Kurz kam ihm seine Frau in den Sinn und was die wohl davon halten würde? Aber er verdrängte den Gedanken.

Melinda würde den Tag im Thalasso verbringen und Gereon stand schon zeitig nach dem Frühstück, gemeinsam mit Paul und Felix, vor dem Hotel und wartete.

Als der Polizei SUV von Ricardo auftauchte, kam Pablo mit schnellem Schritt über den Platz vor dem Hotel gelaufen, „Bin ich zu spät?", fragte er außer Atem.

Er war nicht zu spät. Fröhlich gelaunt fuhr die Gruppe zum Jachthafen der Insel. Dort lag ein großes Segelboot von Ricardo und er zeigte ihnen die notwendigen Handgriffe, um aus dem Hafen zu kommen und die Segel zu setzen. Der Wind war frisch und Gereon achtete darauf, daß seine Söhne und er gut eingecremt waren, um nicht in der Sonne zu verbrennen. Pablo reichte einen riesigen Wasserkanister herum und mußte den Jungs beim Trinken helfen, damit nicht die Hälfte daneben ging.

Mittags warfen sie Anker vor einer kleinen Insel. Als sie an Land wateten transportierte jeder etwas für ihr Mittagessen. Einen großen Korb, eine Kühltasche und den Wasserkanister.

Schnell zogen sich Paul und Felix aus und rannten nackt in das Wasser. Endlich hatten sie ihren versprochenen Sandstrand. Auch die Erwachsenen zogen sich aus, breiteten die Decke im Schatten eines zerfledderten Pinienbaumes aus und Ricardo bereitete das Essen vor, ehe auch sie in das Wasser gingen.

Sogar an gekühlten Wein hatte er gedacht und nach dem Essen und Trinken, dem Wind und der Sonne wurde Gereon müde. Doch Paul und Felix waren voller Energie.

„Kommt, wir gehen zu den Singvögeln", rief Pablo und gemeinsam rannten die drei in den kleinen Wald, der am Rande des Strandes begann.

„Keine Sorge", murmelte Ricardo, „hier ist nichts was passieren kann und Pablo wird die Jungs erst einmal beschäftigt halten. Sie gehen über die Insel zu einer Bucht mit einem Wrack. Dort werden sie Piraten spielen. Wir haben Zeit."

Mit diesen Worten streichelte der Fuß von Ricardo sanft über den Unterschenkel von Gereon. Der schaute hinüber und ließ seinen Blick über den perfekten Körper des Freundes gleiten.

Das kantige Gesicht lag in der Sonne. Er hatte die Stirn gerunzelt als würde er nachdenken und der Blick von Gereon ging zur ausgeprägten, scharfen Nase. Breite Schultern, starke Brustmuskeln und darunter kein Fett, die Rippen waren unter der Haut zu sehen und tiefer ein perfekter Waschbrettbauch.

Ricardo stand auf, als Gereons Blick zum Schwanz weiterwanderte. Auch schlaff war es ein großes Gerät. Dann drehte sich sein Beobachtungsobjekt um und er konnte die perfekten Globen des festen Arsches bewundern. Wie alles am Körper des Freundes war die Haut glatt und haarlos. Aber, um sich die Arme und Beine zu rasieren, dazu brauchte Gereon noch etwas Bedenkzeit. Zuerst wollte er sich an das Gefühl des nackten Geschlechtsteils erfreuen und gewöhnen.

Nachdem Ricardo alles von der Decke geräumt hatte, legte er sich neben Gereon und schob seinen muskulösen Arm unter dessen Kopf. Ihre nackten Körper berührten sind.

„Gefällt mir, daß Du jetzt rasiert bist," sagte Ricardo leise.

„Gefällt mir, daß Du wie die Statue des Häuptlings aussiehst", lachte Gereon.

„Ich bin die Figur am Strand und ich bin der Nachfahre des Häuptlings."

Die Häuptlinge

Ricardo drehte sich auf den Rücken und sein Arm zog den Körper von Gereon mit Leichtigkeit an seinen heran. Gereon spürte die Hitze der braunen Haut und merkte, wie sein Schwanz reagierte. Sein Kopf lag jetzt bei Ricardo auf der harten muskulösen Brust und als dieser zu erzählen begann, vibrierten die Worte seiner dunklen Stimme im Brustkorb.

„Meine Familie soll vom letzten Häuptling dieser Insel abstammen. Richtigerweise von den letzten Häuptlingen, denn die Insel war in vier Reiche geteilt.

Die Menschen auf der Insel lebten nur kurz. Zwar gab es genug Nahrung, aber das Wissen über die Heilung von Krankheiten war gering. Der Tod spielt kulturell eine große Rolle. Du hast die Höhle mit den mumifizierten Menschen gesehen. So etwas findest Du immer wieder auf der Insel.

Kriege spielten anscheinend keine Rolle, es ist nicht bekannt, daß es Überreste von Verstorbenen nach Gewalttaten gab. Die verschiedenen Reiche waren wohl eher Stämme, die zu unterschiedlichen Zeiten auf der Insel eingewandert waren. Die Menschen lebten auf Steinzeitniveau.

Zuerst erschienen die spanischen Eroberer, den Führern auf der Insel, als Boten der Götter. Aber dann kam es zur Gewalt, Vergewaltigung und Verschleppung als Sklaven.

Die Menschen auf der Insel banden sich früh. Da das Leben kurz war, wurde bald nach der Geschlechtsreife geheiratet und Kinder gezeugt. Nach einem verlustreichen Kampf gegen die eindringenden Konquistadoren zogen sich die Stämme in das Inselinnere zurück.

Die Häuptlinge und die führenden Krieger waren vernichtet und so kamen zwei sehr junger Männer an die Macht."

Ricardo schwieg eine Weile und Gereon öffnete die Augen. Die Hand von Ricardo glitt sanft über seine Haut. Die Brust hinab zu seinem Schritt und blieb oberhalb des Schaftes liegen.

„Natürlich unterwarfen die Eroberer später die Insel und ihre Bewohner. Damals war mein Vorfahre König der Insel und vereinigte die Stämme. Aber das ist nicht die Geschichte, die ich erzählen möchte. Denn es wird sich erzählt, daß wiederum seine Vorfahren nicht nur bedeutende Kriegshäuptlinge waren, sondern auch eine besondere Beziehung hatten.

Einmal im Jahr trafen sich die jungen Männer der Stämme zu einem religiösen Fest. Ein Initialisierungsritual mit dem Eintritt in die Männerwelt und ein Kräftemessen der führenden Stammesmitglieder. Es war ein sportlicher Wettkampf, man testete sich in den Dingen, die für das tägliche Leben auf dieser Insel wichtig war.

Es wurden Speere geworfen, es wurde um die Wette geschwommen und es wurde gerungen. In dem fraglichen Jahr war der Wettbewerb mehr als nur das gewöhnliche Treffen. Die Stämme waren besiegt, die Invasoren waren wieder abgereist, doch fast allen war klar, daß sie wiederkommen würden. Die Stämme mußten zusammenstehen oder untergehen. Doch, es gab viele unterschiedliche Meinungen. Einige sagten, die Eroberer kämen nicht mehr zurück und andere sagten, die Eroberer würden mit viel mehr Waffen und Männern zurückkommen, andere hatten Meinungen dazwischen.

Die Ältesten entschieden, daß unter den Söhnen der vier Stämme der stärkste Krieger ihr Anführer sein solle."

„Kein schlüssiges Konzept", murmelte Gereon und griff nun zu Ricardo hinüber und streichelte über die glatte Haut.

„Was meinst Du?", fragte Ricardo.

„Na ja, das ist so wie bei uns im Amt. Du steigst auf, weil Du einen bestimmten Abschluß hast oder eine bestimmte Dienstaltersstufe. Aber nicht, weil Du Führungskompetenz hättest. Erfahrung, Fachkompetenz und Führungskompetenz sind dreierlei Dinge."

„Das stimmt", sagte Ricardo, „vielleicht haben die Stämme deswegen auch verloren. Obwohl ich nicht glaube, daß sie gegen die Waffen der Spanier eine Chance gehabt hätten.

Auf jeden Fall zeigte sich schon beim Speerwerfen, daß es zwei Favoriten geben würde. Zwei junge Häuptlingssöhne, mit bronzefarbenen Körpern, harten Muskeln vom Leben in der Natur und wegen ihres schönen Aussehens begehrt und als von den Göttern und Ahnen bevorzugt angesehen.

Abends am Feuer saßen alle Teilnehmer zusammen. Es gab ein vergorenes Getränk mit Alkohol zu trinken und bald stritten die Favoriten darüber, wer der beste von ihnen sei. Wer habe mehr Muskeln, wer das schönere Gesicht und wer habe den größeren Schwanz. Sie fauchten sich an, wie Wildkatzen und drohten den jeweils anderen zu vergewaltigen und durch die anale Penetration Macht zu erlangen.

Am nächsten Tag sollten sie alle zur kleinen Felseninsel schwimmen und wieder zurück. Die Favoriten kämpften sich in die vorderste Reihe und waren schneller als alle anderen im Wasser. Zuerst war das Teilnehmerfeld noch eng, doch je weiter raus sie schwammen, desto weiter setzten sich die Favoriten von den restlichen Schwimmern ab. Doch die Strömung war an diesem Tag stark und bald wurden die beiden abgetrieben. Die Ältesten, die am Ufer standen und die Schiedsrichter auf der Felseninsel, riefen alle Schwimmer auf zurückzukehren. Doch die beiden Kämpfer bissen die Zähne zusammen und wollten nicht aufgeben.

Da kam eine große Welle und sie verschwanden. Ein Zeichen der Götter, die Insel war dem Untergang geweiht, die Favoriten vom Meer verschlungen. Erschüttert standen alle am Strand und diskutierten, ob die Weihespiele abgesagt werden sollten.

Die beiden Favoriten jedoch merkten, wie die Kraft des Meeres sie immer weiter hinauszog. Die Felseninsel war nicht mehr zu sehen. Sie riefen sich zu ‚wo müssen wir hin? Wo ist der Strand?‘. Einzeln hatten sie keine Chance, das war ein Zeichen der Götter. Sie waren nicht Einer stärker und besser als der Andere. Sie waren zwei Teile eines Ganzen und ohne Luft und Energie für viele Worte zu verschwenden machten sie sich gemeinsam daran, zum rettenden Ufer zu kommen.

Nur durch ihre gemeinsame, immense Kraft gelangten sie schließlich an eine steinige Bucht und mit den letzten Kräften kletterten sie aus dem Wasser und legten sich in die Sonne.

Als ihre Körper in der Sonne glitzerten betrachteten sie einander und das Gefühl der Rivalität war verschwunden. ‚Nur gemeinsam können wir Siegen‘, sagten sie und beschlossen eins zu werden und als von den Göttern zusammengefügtes Paar die Bevölkerung der Insel zu retten.

Der Sieger des morgigen Ringkampfs sollte den unterlegenen besteigen und mit seinem Samen füllen. Die Einheit beider Körper zum mächtigen Führer aller vier Stämme besiegeln.

Als die Favoriten Arm in Arm zum Stand und zu den aufgeregten Ältesten zurückkehrten, warfen sich alle auf den Boden und huldigten ihnen. Wer hätte das gedacht? Die Götter hatten sie verschont und allen ein Zeichen gesetzt.

Doch die Favoriten erklärten, ihr Sieg müsse rein und ohne Makel sein. Die Spiele sollten auch den dritten heiligen Tag andauern. Alle Teilnehmer sollten sich im Ringkampf messen.

Die Rangkämpfe dauerten den gesamten nächsten Tag. Dann kam der Höhepunkt. Die Favoriten sollten gegeneinander antreten. Nackt und mit kostbarem Öl übergossen standen sie glänzend in der Sonne. Auf den Ruf des Schamanen hin warfen sie sich gegeneinander.

Sie gaben sich nichts, sie kämpften bis zum Letzten. Ihre Anhänger schrien und jubelten. Die Sonne ging fast schon unter und noch immer war der Kampf nicht entschieden. Es war nicht mehr festzustellen, wer für welchen Favoriten schrie und jubelte.

Ihre Schwänze waren hart geworden. Es war mehr als nur ein körperlicher Kampf. Es war purer Sex. Als schließlich einer unter dem anderen lag und nicht mehr weiterkonnte, schlug er mit der Hand auf den Boden, um sich zu ergeben. Der Sieger drehte den Körper ein wenig und naß und glitschig vom Öl drang sein harter großer Schwanz in den Körper des Unterlegenen ein.

Es brauchte nur ein paar Bewegungen, dann war es schon fast vorbei. Es war ein gewaltiger, schmerzhafter Akt in der Öffentlichkeit. Die anderen jungen Männer standen nackt um sie herum. Ihre Körper glänzten noch vom Öl der Kämpfe, Dreck klebte auf der Haut. Alle waren erregt, die Schwänze hart und steil in die Luft gereckt. Da schrien einige auf und kamen mit milchigen, weißen Strömen auf die beiden Kämpfenden. Dies riß andere hinterher und als das weiße Sperma auf den Sieger regnete, schrie der Sieger auf und kam heiß in seinen Mithäuptling."

Die Segeljacht

Nachdem Ricardo die Geschichte beendet hatte, sagte keiner von ihnen ein Wort. Statt dessen begannen sie wie Schuljungen zu raufen, inspiriert durch die Geschichte. Ihre Schwänze rieben aneinander, dann wechselte wieder die Position und die Schwänze rieben an den Arschbacken des anderen.

Ehe sich Gereon versah, lag er umgedreht, oder war es Ricardo, der sich gedreht hatte? Der pralle, fette Schwanz seines Freundes lag genau von Gereons Mund. Die Haut glatt und ohne Haare, der Sack straff angespannt am Körper. Dann überkam ihn ein sensationelles Gefühl. Die Zunge von Ricardo fuhr über das glatte, haarlose Fleisch seines Schwanzes und Sackes.

Auch Gereon öffnete den Mund, ohne nachzudenken, leckte er mit seiner Zunge den Tropfen an der Spitze der massiven Eichel ab. Dann küßte er den Kopf des Schwanzes, fuhr mit der Zunge den Schaft hinunter und saugte an dem dicken Sack.

Eine warme feuchte Höhe hatte sich zwischenzeitlich um seinen eigenen Schwanz geschlossen. Er war im Mund von Ricardo. Das Gefühl war sensationell, er wollte erleben, wie es ist einen Schwanz im Mund zu haben und nahm begierig das Gerät von Ricardo in sich auf. Zu mindestens, soweit dies möglich war. Bald würgte er und Ricardo fragte besorgt, „alle O. K. bei Dir."

„Ja!", stöhnte Gereon, „weiter."

Noch nie war Gereon so schmerzhaft hart gewesen. Die geile Geschichte war ihr Vorspiel gewesen, er wollte, daß es nie endete. Aber dann war es auch schon vorbei, der Reiz war übermächtig. In harten Stößen kam Gereon im Mund des nackten Polizisten und auch der kam jetzt über seine Schwelle der Lust und der Mund von Gereon füllte sich mit der weißen Sahne seines Freundes.

Als sie naß geschwitzt, Arm in Arm in der Sonne dösten, hörten sie Pablo mit den Kindern zurückkommen. Schnell sprangen sie auf und zogen ihre Hosen über die roten, geschwollenen Schwänze.

Auf der Rückfahrt grinste Pablo nur und tat so als würde er an seinen Freunden etwas riechen. Gereon wurde rot und war sich sicher er roch nach Sex und heißem Sand. Sie hatten es nicht mehr geschafft noch schnell ins Wasser zu springen.

Felix und Paul redeten ohne Unterlaß. Von den Singvögeln in allen Farben von gelb bis grün und dem Piratenschiff, das sie in einer einsamen Bucht gefunden hatten.

Als Gereon mit Pablo allein am Bug des Schiffes stand, hielt er das Gesicht in den Wind und die Augen geschlossen. Dann sagte er zu dem jungen Spanier, „könntest Du Dir vorstellen, nach Deutschland zu gehen und eine Ausbildung zu machen?"

Pablo schaute ihn verdutzt an. Also erzählte Gereon von seinem Freund Gérôme und seinem Fitneßstudio. „Gérôme braucht in absehbarer Zeit einen vertrauensvollen Menschen, der ihn bei der Verwaltung des Studios unterstützt. Er möchte selbst jemanden ausbilden und ich hatte an Dich gedacht. Es ist zwar nicht wie der Beruf eines Lehrers, aber Gérôme möchte, daß es sich nicht nur um eine verwaltende Arbeit handelt, sondern auch die Arbeit des Fitneßtrainers umfaßt. Deine guten Deutschkenntnisse kämen Dir dann zugute und Du wärst hier weg und in einer liberalen Stadt ohne die Probleme, die Du hier hast."

Pablo hatte tausende Fragen und schien wirklich interessiert. Gereon versprach, ihm die Kontaktdaten zu Gérôme zu senden, denn er konnte die vielen Fragen nicht beantworten. „Oder hindert Dich Dein geheimer Geliebter daran, die Insel zu verlassen?"

Verdutzt schaute Pablo ihn an, „geheimer Geliebter?"

„Habe ich so gehört. Der Mann in der Bar hätte einen geheimen Geliebten. Aber vielleicht meinte die Person auch Ricardo."

„Vielleicht" meinte Pablo nachdenklich.

„Oder jemand anderes?"

„O.K., ich habe mich noch ein paarmal mit Juan getroffen."

„Ich dachte der wäre nicht mehr auf der Insel, oder habe ich das falsch verstanden?", fragte Gereon.

„Er ist zurück, soll die Familiengeschäfte übernehmen."

„Seid ihr gesehen worden?"

„Nein, das kann nicht sein. Wir waren in einer Grotte im Park seiner Eltern. Aber wir haben entschieden, daß es endgültig vorbei ist und in der Öffentlichkeit müssen wir sowieso so tun als würden wir uns nicht kennen. Ich bin hier nicht gebunden und spreche mit Deinem Freund Gérôme."

Weiter kamen sie nicht, denn bei der Einfahrt in den Jachthafen kreuzte sie eine große weiße Segeljacht. „*Idiota*", fluchte Ricardo, als sie nur knapp verfehlt wurden und Pablo sagte, „wenn man vom Teufel spricht. Das ist die Jacht von Don Juan."

„Das Boot kennen wir", sagte Paul und Felix berichtigte, „die Jacht meinst Du, es ist kein Ruderboot."

Paul schaute Felix böse an und sagte, „der kreuzt" und betonte dieses korrekte nautische Wort überdeutlich, „öfter mal vor unserem Zimmer."

Ricardo und Pablo nickten mäßig interessiert, aber Gereon durchfuhr es eiskalt, „das Boot", ein Blick auf Felix, „die Jacht meine ich natürlich. Die war an dem Abend vor unserem Zimmer unterwegs."

„An welchem Abend?", fragte Ricardo.

„An dem Abend an dem wir die Frau im Wasser gefunden haben."

Der Kapitän

Sie vertäuten das Segelboot und sprangen auf die Mole des Hafens. Ricardo ließ alle versprechen, sich nichts anmerken zu lassen und dann kreuzten sich schon ihre Wege mit dem Eigner der weißen Jacht.
Er trug eine weiße Hose und ein blaues Jackett, mit goldenen Knöpfen. Ricardo sprach ein paar Worte der Begrüßung, zu dem Mann und machte eine ausholende Geste, zu seinen Begleitern. Gereon nickte und Pablo zeigte nur ein versteinertes Gesicht, das ein wenig Traurigkeit und Sehnsucht aufwies.

Vorsichtig schob sich Felix nach vorn und Gereon legte eine Hand auf die Schulter seines Sohnes. Der schaute zu ihm hoch und nickte, wenig subtil. Schnell schaute Gereon weg, doch Felix zupfte an seiner Hose, „schon kapiert", sagte er nur und dann gingen sie weiter.

Im Auto brach es aus den Jungs heraus. Das war der Mann mit den goldenen Knöpfen an der Uniform, das war der Mann, den die Frau geküßt hatte.

Gereon dachte im Nachhinein, daß man an Paul und Felix wieder einmal sehen konnte, wie unzuverlässig Zeugen waren. O.K., die zwei waren noch sehr jung und deshalb fiel ihnen die Altersabschätzung schwer, aber ihr „Kapitän" war eindeutig ähnlich alt wie ihr Freund Pablo und nicht so alt wie ihr Vater. Aber egal, es hatte sich schließlich aufgeklärt.

Am nächsten Morgen holte Ricardo, Gereon vom Hotel ab, um Don Juan zu verhören. Der Weg führte sie eine Serpentinenstraße hinauf und zu einem großen, schmiedeeisernen Tor. Ricardo stieg aus und klingelte, argumentierte dann lautstark, ehe sich das Tor öffnete.

Der Weg führte sie durch einen Park bis zur Vorfahrt eines herrschaftlichen Hauses. Dort stand eine kleine dicke Frau, anscheinend die Haushälterin und redete wild gestikulierend auf Ricardo ein. Dann kam eine Männerstimme aus dem Hintergrund und Don Juan erschien.

Diesmal trug er einen hellen Leinenanzug. Ricardo sprach ein paar Worte und stellte anscheinend Gereon vor. Denn er hörte seinen Namen.

„Ah", sagte Don Juan in relativ gutem Deutsch, „ich habe eine Zeitlang in einem deutschen Internat gelebt."

Er führte sie durch die Eingangshalle in den hinteren Teil des Hauses und sie traten auf eine Terrasse heraus, von der sie einen atemberaubenden Blick auf das Meer hatte. Die Haushälterin brachte einen kühlen Weißwein und Wasser.

Nach ein paar Freundlichkeiten begann Ricardo das Verhör auf Spanisch zu führen. Gereon wußte, daß er nach der verstorbenen Frau fragen würde und ob Don Juan diese kannte.

Don Juan sagte nicht viel. Dadurch, daß Gereon seine Worte nicht verstehen konnte, konzentrierte er sich auf das Gesicht des jungen Mannes.

Er war ein arroganter Typ, aber er war vorsichtig und in seinem Gesicht zuckte ein Muskel. Es war leicht sich vorzustellen, wie er blitzschnell überlegte, wie er sich verhalten solle und was er erzählen solle.

„Deshalb sind Sie mit dabei?", sagte Don Juan schließlich zu Gereon.

„Ja und nein ", antworte dieser. „Ich mache hier Urlaub und es ergab sich, daß die Frau aus meiner Heimatstadt kommt. Darf ich Sie etwas fragen?"

Don Juan zuckte mit den Schultern und Gereon nahm das als ein Ja. „Sie kannten diese Frau?"

Ein Nicken.

„Woher kannten Sie diese Frau?"

„Wir hatten geschäftlichen Kontakt zueinander."

„Warum haben Sie nicht darauf reagiert, als die Zeitungen über ihren Tod berichteten?"

Ein Schulterzucken, „es erschien mir nicht wichtig."

„Was?", sagte Gereon und Ricardo fragte gleichzeitig, *¿Qué?*

Don Juan beugte sich nach vorn, öffnete ein Kästchen auf dem Tisch und entnahm eine Zigarre. Er zeigte auf das Kästchen, aber sowohl Gereon als auch Ricardo schüttelten mit dem Kopf.

Gereon wollte nachfragen, aber Ricardo machte eine kleine Geste mit der Hand. Nachdem die Zigarre angezündet war, lehnte sich Don Juan zurück und meinte, „ich kann das Geschäft auch mit anderen Immobilienvermittlern machen."

„Wir haben gehört", meinte Gereon vorsichtig, „daß die Finanzierung dieses Bauvorhabens schwierig für Sie ist."

„Nein, ist es nicht. Aber warum sollen wir unser eigenes Geld investieren, wenn wir auch Investoren aus Deutschland haben können."

„Um die zu bekommen, braucht es Beziehungen."

„Die haben andere auch."

„Hatten Sie eine Beziehung zu der Frau, die über das geschäftliche hinausging?", fragte Gereon weiter und Don Juan schaute ihn mit großen Augen an. Deshalb wiederholte Ricardo die Frage noch einmal auf Spanisch.

Die Augen von Don Juan zogen sich zusammen und er beobachtete sie durch die Schlitze, während er an der Zigarre paffte. Dann sagte er zwei Worte auf Spanisch.

„Er fragte, warum?", übersetzte Ricardo und machte eine Handbewegung zu Gereon, um ihm zu signalisieren, die Antwort zu geben.

„Sie wurden gesehen. Mehrfach. Dabei haben Sie sich geküßt. Wie haben sie Frau Augustus kennengelernt?"

Juan paffte ein wenig und blickte über den Park zum Meer, „ich war bei der Eröffnung eines Hotelprojektes auf der Nachbarinsel eingeladen. Der größte Bauunternehmer der Region hatte dort angefangen, eine eigene Hotelgruppe aufzubauen. Dort war auch Frau Augustus. Ich war an einer Zusammenarbeit interessiert, sie war an mir interessiert."

Dies sagte er mit einer kühlen Arroganz.

„Um so verwunderlicher, daß Sie sich nicht gemeldet haben, als die Frau ertrunken im Meer auftauchte. Sie hätten sogar vorher ihr verschwinden bemerken müssen. Warum haben Sie sich nicht gemeldet?"

„Weil die Beziehung nur noch geschäftlich war, wie ich Eingangs bereits sagte."

„Sie sind am Tage ihres Todes mit Ihr zusammen gesehen worden. Im Supermarkt am Fischhafen in der Bucht der Häuptlinge", sagte Ricardo eiskalt, „das macht Sie zu einem Verdächtigen."

„Ich habe nichts mit dem Tod dieser Frau zu tun."

„Vielleicht", sagte Gereon langsam und wohlüberlegt, „war diese Frau ihnen wirklich nur geschäftlich wichtig. Vielleicht war Ihnen Pablo sexuell wichtiger."

Don Juans Kopf fuhr zu Gereon herum, „was haben Sie für unsinnige Gerüchte gehört?"

„Mußten Sie nicht ins Internat, da der Boden hier zu heiß wurde?", spekulierte Gereon.

„Ich denke, wir sollten das Gespräch beenden", schnappte der Don.

„Ich denke nicht", sagte Gereon gelassen und schaute, ob Ricardo Anstalten machte zu gehen, „zumal sie weitere Rendezvous in der Grotte hier auf dem Grundstück hatten. Während der Beziehung zu Frau Augustus?"

Don Juan sprang auf und rief etwas auf Spanisch, auch Ricardo war aufgestanden und beide schrien mehr als sie sprachen. Gereon blieb sitzen und ließ seinen Blick schweifen. Er sah einen anderen Mann die Treppe zur Terrasse hochsteigen. Der Vater von Don Juan, ganz eindeutig die ältere Version des arroganten jungen Mannes.

„Frau Augusts hat Sie damit konfrontiert, daß Brenda ihr erzählt hat, daß Sie gemeinsam mit Pablo beim Sex in der Grotte gesehen wurden", sagte Gereon mit einem überraschenden Geistesblitz. Ricardo sah ihn mit großen Augen an.

Der Don schien außer sich, „raus!"

Die Spucke flog aus seinem Mund als er wiederholt schrie, „raus!"

Doch Gereon blieb sitzen und fuhr provokativ fort, „und haben Sie ihr gesagt, es sei nur eine Jugendliebe und der Junge würde nicht verstehen, daß sie mehr auf Frauen stehen, nur die eine Frau lieben?"

„Raus!"

Der Vater trat schnellen Schrittes zu ihnen und hielt sich nicht mit einer Begrüßung auf und polterte direkt los. Ricardo sprang zur Seite und immer wieder piekte der ältere Mann mit dem Finger in seine Richtung und zeigte dann mit einer rüden Geste zur Türe. Als Ricardo daraufhin um den Tisch herumtrat und seine Hand auf den Arm des Sohnes legte, dachte Gereon gleicht Platz dem Alten eine Ader im Kopf.

Gereon dachte bei sich, daß der Alte früher auch ein arroganter junger Mann gewesen sein mochte. Jetzt war er ein gefährlicher alter Mann, der glaubte, er hätte alle Macht und alle Rechte. Das erinnerte ihn an seinen Schwiegervater.

Don Juan schien einzulenken. Er sagte etwas mit einer wegwerfenden Geste. Sein Vater schaute ihn entsetzt an. Dann nach ein paar Worten von Ricardo war der Alte wieder auf 180 und Gereon hielt es für den richtigen Zeitpunkt den Rückzug anzutreten. Er nickte Ricardo leicht zu und dieser drehte sich grußlos um und stampfte gemeinsam mit Gereon zur Tür des Anwesens.

„Was war das?", fragte Gereon im Auto.

„Das war ein Einblick in die Welt der Großgrundbesitzer und der Menschen, die immer noch in der Welt von Franko leben und glauben sie ständen über dem Gesetz", sagte Ricardo hitzig.

„O. K., steht er über dem Gesetz?"

„Vielleicht", sagte Ricardo durch die Zähne. „Hör zu. Ihm gehört das meiste Land hier auf der Insel. Gefolgt von der heiligen Mutter Kirche und dann kommt lange nichts. Aber seine Macht kommt daher, weil ihm die Wasserrechte gehören, und zwar alle. Was bringt es Land zu besitzen, wenn du es nicht bewässern kannst."

„Gut oder auch nicht gut", nickte Gereon, „also ein Pimmel mit zu viel Macht. Aber es heißt, er ist bankrott! Worum ging es in der Diskussion?"

„Es ging nicht um die Sache, sondern, daß sich ein Polizist erdreistet seinen Sohn zu befragen. Der Conde sieht doch sofort rot, wenn ich es wage seinen Besitz überhaupt zu betreten. Ein Wort gab das andere. Also beschuldigte ich seinen Sohn des Mordes an der Frau und wollte ihn förmlich verhaften, da er nicht bereit sei mir freiwillig Auskunft zu geben."

„Ich dachte der Conde bekommt einen Schlaganfall", lachte Gereon.

„Ich auch", kicherte Ricardo. „Auf jeden Fall hat es geholfen. Don Juan gab zu nur deswegen mit der Frau eine Affäre gehabt zu haben, um sie für das Projekt zu gewinnen. Sie hätte mit der Hotelgruppe auf den Nachbarinseln bessere Geschäfte machen können, nur auf Grund seiner Unwiderstehlichkeit hätte er in diesem Geschäft eine Chance bekommen. Er habe kein Interesse daran, daß die Frau Tod sei, das würde das Geschäft gefährden.

Ein Problem mit seiner Handlung habe er nicht, schließlich seien im Geschäftsleben alle Waffen erlaubt und ihm sei es darum gegangen, sein Ziel zu erreichen. Nämlich der Bau des Golfplatzes, die Vermarktung und die Finanzierung. Niemand wußte von ihm und Frau Augustus und er habe keine Nachfragen gewollt, daher habe er sich nicht gemeldet."

„Der Conde schien mir nicht von seinem Sohn und den Arten wie dieser ein Geschäft vorantreibt begeistert zu sein", schüttelte Gereon den Kopf.

„Nein, daß dachte ich auch", sagte Ricardo, „aber hier sind wir erst einmal in einer Sackgasse gelandet."

Reflexion

Gereon ließ sich von Ricardo am Bauplatz des Golfplatzes absetzen. Er ging zu der alten Kapelle, die Teil des Hoteldorfes werden sollte und setzte sich auf die altersschwache Bank davor. Nach links schaute er über das blaue Meer und nach rechts auf das grüne Tal der Höhlen.
Unordnung, was war die ganze Geschichte für eine Unordnung. Er mußte Ordnung in seine Gedanken bringen. Also chronologisch vorgehen. Mit dem Fuß malte er im Sand.

Annette Augustus war auch als erwachsene Frau hübsch. Gereon konnte sich vorstellen, daß sie ein außergewöhnlich schönes junges Mädchen gewesen war und sein Schwiegervater ihr verfallen konnte. Aber natürlich würde der alte Sack niemals seine Reputation aufs Spiel stellen. Nicht für etwas so unwichtiges wie Sex oder um Gottes willen Gefühle.

Kurz ging Gereons Gedanke zur Seite und er dachte, daß er auch nicht anders sei. Warum blieb er bei Melinda? Wegen der Kinder, beruhigte er sich und er hatte schließlich diesen Urlaub richtig geilen Spaß gehabt.

Er zwang seine Gedanken zurück zur Sache. Also Melinda, wie auch immer, hatte einen Schwangerschaftstest bei der jungen Annette durchgeführt und eine nicht vorhandene Schwangerschaft festgestellt, oder aber das Mädchen war schwanger und wurde bereits dann zum Kollegen abgeschoben. Das würde er wohl nie herausfinden. Dann eine Totgeburt und die Frau schien auf eigenen Füßen zu stehen. Nach seinen Informationen eine selbständige, erfolgreiche Immobilienmaklerin.

Die Frau haßte Melinda und das beruhte wohl auf Gegenseitigkeit. Melinda würde alles für Ihren Vater tun. Aber die Frau umbringen? Wohl kaum. Es würde auch zeitlich nicht passen. Bei seinem Spaziergang mit den Kindern war die Frau noch mit ihrem Lover im Supermarkt. Kurze Zeit später war er wieder am Pool, seine Frau machte die unmöglichen Anweisungen mit den Liegen und dann waren sie bis zum nächsten Morgen zusammen.

Die Frau war eindeutig in der Nacht des Unwetters ums Leben gekommen. Schrecklich, jetzt verdächtigte er schon Melinda. Wie krank!

Aber vielleicht war Annette einsam gewesen, überlegte er weiter. Verheiratet war sie nicht. Etwas älter als Melinda immer noch im besten gebärfähigen Alter war sie vielleicht empfänglich für den Charme des jungen Don. Vielleicht wollte sie sich sein Projekt nur anhören und dann wurde daraus mehr. Aber warum hatte sie nichts dagegen sich zu verstecken?

Vielleicht hatte er eine Geschichte gesponnen, sie müßten in der Öffentlichkeit professionell auftreten. Ja, das würde gut passen. Es war eine konservative Gesellschaft und die Kirche mußte bei dem Deal mitspielen.

Er hingegen sah sie nur als Chance für seine Familie. Seine Familie war angeblich bankrott. Annette Augustus könnte die notwendigen Investoren auf diese entlegene Insel bringen. Nur für ihn ließ sie lukrativere Geschäfte sausen. Hier hatte er sicherlich die Wahrheit gesagt.

Ob Juan in Pablo verliebt war? Pablo war deutlich anzusehen, daß er immer noch Sehnsucht nach seiner ersten großen Liebe hatte. Eine Eifersuchtstat? Konnte es sein, daß Pablo die Frau von den Klippen der Hotelanlage gestürzt hatte? Was war an dem stürmischen Abend passiert? Wo war Pablo gewesen? In der Bar? Das war bestimmt herauszubekommen. Gereon machte sich eine mentale Notiz.

Für das Projekt benötigte man: Wasser, das hatte der Conde

zur Genüge, Land, auch das hatte seine Familie. Jedoch nicht ausreichend an dieser Stelle. Der Rest des Landes lag bei der Kirchengemeinde. Weiterhin benötigte man Geld und sicherlich den Rückhalt in der Bevölkerung. Den Rückhalt würde der Pfarrer besorgen. Aber die Höhlenbewohner entzogen sich allen Autoritäten.

Brenda und ihr Clan hatten bestimmt Langeweile. Vielleicht wollten sie auch etwas bewegen wie ihre terroristischen Glaubensgenossen, die als Aktivisten Autofahrer auf der Autobahn in Gefahr brachten oder Polizisten von Bäumen aus mit ihrer Scheiße bewarfen. Hier war eine Chance auch etwas zu tun, auch ein Aktivist zu sein.

Vielleicht war das weit hergeholt, aber mit dem Kitt seiner Fantasie zwischen den Faktenblöcken wurde aus der Unordnung der einzelnen Teile, langsam ein feines Mosaik.

Für den Conde und seinen Sohn, sowie den Pfarrer, waren die Höhlenbewohner Abschaum. Daher lag es doch nahe, daß die neutrale Immobilienentwicklerin Kontakt zu Brenda aufnahm. Brenda die heimliche Herrscherin über die Höhlenbewohner?

Vielleicht. Aber dumm war Brenda definitiv nicht. Berechnend erschien sie Gereon nach dem letzten Treffen. Was hatte sie erzählt, daß sie die Geheimnisse von vielen Menschen, alle Geheimnisse war sicherlich übertrieben, wußte. Daß sie diese Geheimnisse als Waffe einsetzte. Sie wußte vom pädophilen Pfarrer, sie wußte von der sexuellen Beziehung zwischen Pablo und Juan. Sogar von ihm und Pablo wußte Brenda. Woher hatte Brenda dieses Wissen? Wie konnte sie in das Pfarrhaus hineinsehen, wie konnte sie in die Grotte hineinsehen, wie konnte sie in die Bar hineinsehen?

Sein Geistesblitz war korrekt, da war es sich sicher. Die Reaktion vom Don hatte dies gezeigt. Brenda hatte versucht, die Immobilienmaklerin von Juan zu trennen. Dann wäre das Projekt beendet gewesen. Aber irgendwie konnte er sie bei der Stange halten.

Hatte er einen Grund sie zu töten? Nein, es tat sich kein Grund auf. Zuerst dachte Gereon er hätte sie umgebracht damit das Projekt nicht scheitert, aber das war unlogisch. Überhaupt schien er gerade die Sache mit Pablo gekittet zu haben. Sie schien sich nicht daran zu stören, oder so.

Also blieb nur der Pfarrer. Die Immobilienmaklerin suchte das Gespräch mit ihm, er hatte vielleicht in dem Gespräch oder bereits davor einen Rückzieher gemacht. Was hatte Brenda ihm geboten?

Irgendwie mochte Gereon nicht daran denken. Sunny und Tyler waren speziell, aber er mochte die Jungs. Sie waren wild und frei, aber nett und in einer anderen Umgebung hätte richtig was aus ihnen werden können, aber hier?

Na ja, Spekulationen. Aber was, Gereon stand abrupt auf, wenn Don Juan seiner Freundin einfach die Wahrheit erzählt hätte. Daß er als Jugendlicher eine Affäre mit Pablo hatte und dafür nach Deutschland ins Internat mußte? Was wäre ihre Reaktion gewesen? Seelenverwandtschaft.

Natürlich! Das war es, was sie gegen den Priester eingesetzt hatte, Don Juan hatte Annette Augustus von dem pädophilen Priester erzählt. Jetzt war ein Patt da. Zwei Seiten umringten den Priester. Brenda bot ihm die Erfüllung seiner Begierde an und Annette verhinderte dies mit ihrer Drohung. Wenn er auf das Angebot von Brenda verzichtete, dann wäre er weiterhin sexuell frustriert. Wenn er das Angebot annahm, war er ruiniert. Wenn Pablo etwas gegen ihn sagte, war das unwichtig, aber eine erfolgreiche deutsche Immobilienmaklerin? Deshalb mußte Annette Augustus sterben!

Der Priester war auf das Projekt nicht angewiesen. Nur der Conde und sein Sohn. Daher benötigte er die Immobilienmaklerin und ihre Kontakte nicht.

Aber zuerst galt es den letzten anderen Verdächtigen zu entlasten. Gereon rief Ricardo an und erzählte seine Schlußfolgerungen.

„Da ist viel Fantasie dabei", meinte Ricardo abwägend.

Gereon holte schon Luft, um sich zu verteidigen, aber er kam nicht zu Wort, „aber ich sage nicht, daß es nicht so gewesen sein könnte. Ich muß darüber nachdenken."

„Meinst Du, wir sollten Pablos Rolle weiter untersuchen?", fragte Gereon vorsichtig.

„Natürlich, alles andere wäre unprofessionell. Er wohnt in einer kleinen Einliegerwohnung bei meiner Schwiegermutter. Der entgeht nichts. Sie weiß, wann er kommt und geht, ich spreche direkt mit ihr und schreibe Dir, wenn ich etwas herausbekomme."

„O.K., was meinst Du, wie Brenda zu den ganzen Informationen kommt?"

„Einige aus den Höhlen ziehen durch die Dörfer und verkaufen Dinge und betteln vor den Kirchen. Es ist vielleicht ihre eigene Spionagegruppe."

„Ja, das kann ich mir gut vorstellen, aber wie kann sie von Dingen erfahren, die innerhalb des privaten Parks passieren, innerhalb der Kirche, innerhalb der Bar. Es war niemand an dem Abend in der Bar, außer uns."

„Um so wichtiger zu prüfen, ob Pablo die Schwachstelle oder der Täter ist. Ich melde mich bei Dir, wenn ich mehr weiß."

Höhlenforschung

Erst am nächsten Morgen sah Gereon die Nachricht von Ricardo auf seinem Handy, er solle sich melden.

Ricardo nahm sofort ab und berichtet ohne Umschweife, „Pablo war in der Sturmnacht zu Hause. Die Bar war geschlossen. Er half meiner Schwiegermutter dabei, das Haus zu sichern. Am nächsten Tag hatte er Spätschicht und half bei den Nachbarn im Vormittag beim Aufräumen. Es ist nicht undenkbar, daß er Zeit zwischendurch woanders verbrachte, aber ich halte es eher für unwahrscheinlich."

Gereon stimmt dem zu und Ricardo fuhr fort, „ich habe über Deine Theorie nachgedacht. Ich glaube, der Priester ist der wahrscheinlichste Kandidat. Er hatte am meisten zu verlieren. Es wird aber am schwersten sein etwas nachzuweisen. Ich muß versuchen herauszufinden, wo er in der Zeit des Todes der Frau gewesen ist."

„Wirst Du ihn nach einem Alibi fragen?"

„Ja, aber erst versuche ich mehr Informationen zu haben."

Sie verabschiedeten sich und Gereon ging nach dem Frühstück einen Leihwagen mieten.

Wie versprochen wollte er mit Paul und Felix die Insel erkunden. Der Urlaub näherte sich seinem Ende und sie hatten nicht viel gesehen. Melinda würde, wie angekündigt, nicht mitfahren. So blieb es bei ihnen dreien und bewaffnet mit Wasser und Snacks fuhren sie los.

Die Mitte der Insel war gebirgig und mit Pinien bewachsen. Auf dem höchsten Punkt hielten sie an. Es war nebelig und die Sicht war begrenzt. In ihren dünnen Sommersachen froren sie schnell, in der feuchtkalten Nebelluft. Einige landestypische Gebäude und eine Kapelle standen dort, einige abgerissene Hippies verkauften selbst genähte Ponchos und anderen Touristenkram an die wenigen Gäste des Tages.

Als sie die Serpentinenstraße in ein tropisches Urwaldtal hinabfuhren, dachte Gereon über Brenda nach, wie kam sie an die internen Informationen? Dann ging sein Gedanke zum Priester weiter und wurde erst unterbrochen als Paul rief, „Eis!"

Vor Ihnen lag ein kleiner Parkplatz. Auf einem verwitterten Schild war eine Eistüte zu sehen und die Worte, *„helado casero"*. Der Übersetzer auf dem Handy von Paul meldet „Hausgemachtes Eis", also parkten sie und gingen den kurzen Weg, bis zu einem traumhaften Aussichtspunkt über das gesamte Tal.

Die Eisdiele war ein Bretterverschlag. Eine dicke Frau hinter dem Tresen bediente sie mit viel zu großzügigen Portionen und Gereon scherzte, daß sie sich Frostbeulen an der Zunge holen würden.

Begeistert und gestikulierend zeigte ihnen die Eisdielenbesitzerin das natürliche Kühlsystem. Hinter der Eisdiele lag eine Höhe, hier führten Stufen steil in den Berg hinein. Je tiefer sie stiegen, um so kühler wurde es, bis der Boden vereist war. Ein natürlicher Eiskeller lag viele Meter unter der Erdoberfläche und dem grünen tropischen Tal.

Nach dem Eis machen sie einen Abstecher zu einem einsamen Strand und nahmen dort ein Bad in den Wellen. Es war nicht so romantisch wie der Ausflug mit dem Segelboot, aber auch nicht so überlaufen, wie bei dem Hippiestrand. Hier konnten auch Paul und Felix in den Wellen spielen, ohne daß gefährliche Felsen dort herausragten.

Als sie in der Sonne trockneten, döste Gereon und hatte dann eine Idee. Die Höhlen!

Paul und Felix waren etwas überrascht, von ihrem eiligen Aufbruch. Schnell fuhren sie in einem weiten Bogen Richtung

Heimat zurück. Auf dem Dorfplatz vor der Wallfahrtskirche machte Gereon halt, parkte seien Söhne bei Pablos Schwester in der Bar, bei einem Getränk und stiefelte zur Kirche hinüber.

Drinnen war es dunkel und kühl. Die Luft, wie beim letzten Mal, verbraucht durch die vielen Kerzen. Von außen eine kleine Kirche war es auch jetzt wieder überraschend in eine große Felsenhöhle zu treten, die das eigentliche Kirchenschiff ausmachte.

Vorsichtig sah sich Gereon um, doch er war allein. Sicherheitshalber schaute er in den Beichtstuhl und dann trat er um den Altar, aus dem halben Boot, herum in den hinteren Teil.

Dort fand er, was er erwartet hatte. Hinter dem Altar lagerten Prozessionsfahnen und der Baldachin für Fronleichnam. Aber die Höhle war nicht zu Ende. Eine Treppe führte in eine Art Krypta. Auf einem Tischchen an der Wand lag eine große Stabtaschenlampe. Gereon probierte diese aus und mit dem hellen Licht stieg er tiefer hinab.

„Arg", entfuhr es im unwillkürlich. An den Wänden stapelten sich Totenköpfe und Knochen. Er konnte jetzt entweder weiter in die Höhe hineingehen, was er sich aber nicht so recht traute oder eine Treppe hinaufsteigen.

Vorsichtig, damit er seinen Kopf nicht an den rauhen Wänden des Ganges stieß, machte er sich leise auf den Weg nach oben. Er hielt sich immer rechts, dachte an die Dinge, die er seinen Söhnen über Höhlen erzählt hatte und hörte plötzlich Stimmen. Er stand vor einer Holztüre und konnte den Priester reden hören. Ein kurzer Blick durch das altertümliche Schlüsselloch. Das Büro des Pfarrhauses.

Schnell ging Gereon zurück bis in die Krypta. Dann hielt er sich links und hielt diesen Kurs bei, bis ein zugewachsener Eingang sichtbar wurde. Er steckte den Kopf durch die Lianen, die das Loch verdeckten und schaut in den Garten eines Hauses. Dann machte er sich auf den Weg zurück.

Seine Söhne waren nicht mehr allein. Ricardo saß bei ihnen am

Tisch und zu der Limonade hatten sich große Stücke Kuchen gesellt.

„Ich dachte der riesige Eisbecher war genug für heute", lachte Gereon als er zu den dreien trat. Dann setzte er sich und berichtete, was er sich überlegt hatte.

„Das heißt", nickte Ricardo, „Du glaubst, Brenda geistert durch das Höhlensystem und kommt wie eine Maus in die Häuser, um zu lauschen und was weiß ich noch, was sie alles macht?"

„Ja, tatsächlich kannst Du bestimmt in ziemlich viele alte Häuser durch eine Höhle hinein, ohne gesehen zu werden. Ich habe mir bei der Eisdiele überlegt, daß die Menschen hier früher in Höhlen lebten, aber auch nachdem sie Häuser gebaut hatten, waren die Höhlen als natürliche Vorratskammern doch ideal. Dann geriet das in Vergessenheit."

„Außer bei den alten Menschen und bei den Hippies in der Kommune im Tal der Höhlen", nickte Ricardo. Er schlug Gereon auf die Schulter, „sehr gut mein Freund, sehr gut."

Sie saßen noch eine Zeit zusammen und dann sagte Ricardo, der still nachgedacht hatte, „habt ihr Lust zum Urlaubsabschluß mit einem Profi die Höhlen zu erkunden?"

Da sagten Paul und Felix natürlich nicht nein, obwohl Gereon sie heraushalten wollte. Doch Ricardo beruhigte ihn, er kannte einen Höhlenforscher hier von der Insel und würde ihn überreden morgen mit ihnen einen Ausflug zu machen.

Melinda gegenüber stellte es Gereon, mit Unterstützung von Paul und Felix, als klassischen Touristenausflug dar. Daher war der Widerstand gering.

Ricardo holte sie ab und fuhr mit ihnen zur Bucht der Häuptlinge hinunter. Am Ende des Fahrweges zum Steinstrand parkten sie den SUV und dort waren bereits einige Männer in roten Overalls. Sie trugen Helme mit Stirnlampen und schwere Schuhe.

Ricardo übersetzte, daß die Höhlen hier nur bei schlechter

Witterung gefährlich seien. Dann würden sich die Gänge in Kanalrohre verwandeln, durch die das Regenwasser abfließen würde. Hierdurch würden sich die Höhlen immer wieder verändern. An manchen Stellen vielleicht einbrechen oder weiter auswaschen.

Sie würden heute nicht so tief in das Höhlensystem der Insel vordringen, aber aus professionellen Gründen würde jeder eine komplette Ausrüstung, wie für einen Höhlenforscher, bekommen.

Die Anzüge waren für Paul und Felix etliche Nummern zu groß, aber die Wanderschuhe, die Manuel und seine Freunde von ihren Söhnen mitgebracht hatten, paßten ausreichend. Kinderhelme am Kinn ordentlich befestigt und natürlich ein paar Bilder geschossen und an die Freunde zu Hause gesendet. Gérôme schickte nur einen Smiley mit großen Augen zurück und ein Herz, als Gereon ihm das Bild von den Jungs in dem Outfit zusandte.

Sie würden das Höhlensystem durch einen Eingang, unterhalb der Hotelanlage, betreten. Hierzu mußten sie zuerst einen schmalen Steig am Ufer der Klippen entlanggehen. Die Gischt der Wellen spritzte sie naß und sicherheitshalber wurden Paul und Felix von einem der jungen Männer angeseilt.

Alle kletterten bis zur großen Höhle hoch, eine Öffnung in der Steilküste.

„Hier waren wir schon", sagte Felix.

Paul nickte, daß der Helm auf seinem Kopf wackelte, „mit Sunny und Tyler, ich erkenne es an dem alten Boot der Piraten."

Dabei zeigte er auf ein verrottetes Ruderboot, das in der großen Kaverne lag. Ein großer Teich mit Wasser war in der Mitte des Raumes. Ihr Führer erläuterte, daß dies ein Zeichen sei, daß bei dem letzten Unwetter eine große Menge Wasser hier hindurchgeflossen sein mußte.

Sie gingen in die Höhle hinein, diese führte zuerst sanft und dann steiler nach oben. Der Führer erläuterte, von Ricardo übersetzt, daß in der Kaverne früher tatsächlich Boote gelegen hatten. Der Schmuggel von Afrika zu der Insel hatte Tradition und die Bucht der Häuptlinge war wie ein natürlicher Hafen.

„Durch die Höhlen konnte man sowohl die Boote erreichen als auch das Schmuggelgut zu den Wohnungen und Häuser schaffen", meinte Ricardo nachdenklich zu Gereon.

An einer Abzweigung fragte der Führer, ob sie zuerst zum Tal der Höhlen wollten, oder ob sie direkt in Richtung der Wallfahrtskirche wandern sollten.

„Zuerst zum Tal der Höhlen", schlug Gereon vor, „das ist näher und es wäre gut eine Idee von den Wegen zu bekommen, die Brenda zurücklegt."

Ricardo nickte und sie gingen los. Gereon hatte das unbestimmte Gefühl, sehen zu wollen, wie seine Söhne mit den anderen Kindern gewandert und welchen Gefahren sie ausgesetzt waren, oder ob es gefahrlos gewesen war.

„Hier sind wir hineingegangen", meinte Felix und zeigte auf einen Höhlengang an der Seite.

Ricardo nickte und wollte weiter geradeaus gehen, als er stoppt. Sie schauten nach rechts und sahen ein Stück Stoff an einer scharfen Kante hängen. Weiß mit goldenen Borten. Gereon und Ricardo schauten sich an und bogen jetzt doch in den Seitengang ab.

Der Boden war naß und mit Pfützen bedeckt, als Paul nach links zeigte und sagte, „hier geht es zur Schatzhöhle."

„Schatzhöhle?", fragte Gereon und ging weiter den Gang hoch.

„Ja, da sind viele Bilder und Figuren und Schmuck und so. Ganz viele spannende Dinge", erzählte Felix begeistert.

Abrupt blieb Ricardo stehen, drehte sich um und sagte, „das wollen wir uns doch nicht entgehen lassen."

Der aufsteigende Gang war trocken und führte in eine

größere Kaverne. Dort standen tatsächlich Taschen und Kisten mit Lebensmitteldosen, Schmuckkästchen, Bilderrahmen mit Ölgemälden und Heiligenfiguren in bunten Farben.

„Das ist ein Ding!", rief Ricardo, „die Höhlen werden nicht nur zum Lauschen benutzt, sondern auch für die geheimnisvollen Einbrüche der letzten Jahre."

Er bedankte sich bei den Kindern für den Hinweis und erläuterte, daß es seit einigen Jahren immer wieder Einbrüche ohne Spuren gab. Dabei verschwanden Wertgegenstände. Wie das Ölgemälde aus der Villa des Conde und die Madonna einer alten Dame. Jetzt war klar, daß Brenda und ihr Team über das Höhlensystem in die Keller der Häuser einstiegen und von dort aus Wertgegenständen und sicherlich auch unbemerkt die vielen Lebensmittel stahlen.

„Wie viele Menschen werden gedacht haben, ich hatte doch noch eine Dose Ravioli im Vorrat, na ja habe ich mich wohl vertan", meinte Gereon und Ricardo nickte. Ihre Führer tuschelten aufgeregt.

Sie gingen zurück und den Hauptweg entlang, der immer schmaler und nasser wurde.

„Hier waren wir nicht", meinte Paul an seinen Bruder gewandt und Felix schüttelte mit dem Kopf, „nein ich denke nicht."

Schließlich standen sie in einem Raum. Der Boden war mit halb getrocknetem Schlamm bedeckt. Eine Türe lag aus den Angeln gerissen auf dem Boden. Sie bestand aus schweren Holzbohlen und ein kleines vergittertes Fensterchen war in der Mitte eingelassen.

An der Wand war ein Metallring eingelassen. An diesem hingen Reste eines Seiles. Die Enden gewaltsam abgerissen. Ricardo trat zu der Türe und hob diese mit Hilfe der Kollegen an. Darunter lag eine zerquetschte goldene Sandale, das Knöchelbändchen zerrissen.

Umweltsünden

Als sie aus dem Höhleneingang nach draußen traten, war die Luft von Vogelgezwitscher erfüllt. Nach der Dunkelheit, nur erleuchtet durch die Stirnlampen, blendete alle das Licht. In den Bäumen vor ihnen hatte eine Schlammlawine eine Schneise geschlagen. Sie mußten über den getrockneten Schlamm steigen.

„Vom Berghang aus kam das Wasser", übersetzte Ricardo die Überlegung der Höhlenforscher, „durch den Murenabgang behindert konnte es nicht mehr das Tal hinunter abfließen. Die Türe wurde eingedrückt und das Wasser muß mit großer Kraft durch das Rohr der Höhle zum Meer geflossen sein. Das sind unvorstellbare Kräfte."

Ein schmaler Pfad führte durch die dichte Botanik den Berg hinab. Ricardo ging vor und alle anderen folgten ihm. Sie mußten nicht weit gehen und standen schon bald vor dem Eingang zur Totenhöhle.

„Hier sind wir gestartet", sagte Paul leise zu seinem Vater und Ricardo, „von hier aus sind wir in die Höhle gegangen, dann weiter zur Schatzhöhle, dann runter zum Meer und wieder durch die Tropfsteinhöhle zurück."

Ein leises Trommeln kam aus der Höhle mit den Mumien. Ricardo ging voran in den Eingang hinein. Drinnen saß Brenda allein mit ihrer Trommel und spielte für die Toten.

Ricardo setzte sich im Schneidersitz vor die Frau. Ein lustiger Kontrast zwischen der halbnackten wilden Frau und dem Mann im roten Overall mit dem Helm und der Lampe. Sie blinzelte die Augen in dem grellen Licht.

„Warum war Frau Annette Augustus in der Höhle gefesselt?", fragte Ricardo ohne Umschweife.

Brenda trommelte weiter und Gereon dachte, sie wollte nicht antworten. Dann sprach sie, „es ist alles der Wille der Geister."

„Was ist der Wille der Geister?", fragte Ricardo

„Die Frau war unser Gast und die Geister haben entschieden, sie zu sich zu nehmen."

„Ein Gast? Ein Gast der in einer Höhle an die Wand gefesselt war?"

„Wir konnten sie doch nicht herumlaufen lassen."

„Wie lange sollte sie denn hierbleiben?"

„So lange bis ich ein Zeichen erhalten würde, daß sie nicht mehr gefährlich für uns war. Solange bis mein Plan aufgegangen und das Projekt geplatzt war."

„Das hätte sehr lange sein können."

„Ja."

„Und dann, dann hätte die Frau alles verraten."

„Ja, deshalb kam die Flut. Das war ein Zeichen, daß die Gefahr niemals weniger geworden wäre."

Abschiedsfest

Am nächsten Tag, dem letzten Abend des Urlaubs, waren Gereon mit seiner Familie, von seinen neuen Freunden, zu einem Abschiedsfest eingeladen worden. Melinda konnte nicht nein sagen und mußte, wieder einmal, die Freunde von Gereon und ihren Kindern, die sie eigentlich nicht kennenlernen wollte, treffen.

Paul und Felix freundeten sich schnell mit einigen anderen Kindern an und trotz Sprachbarriere schienen sie viel Spaß auf dem Dorfplatz zu haben. Heute half die Schwester von Pablo hier aus, damit er mit ihnen feiern konnte.

Die Höhlenforscher waren mit ihren Familien gekommen und Ricardo mit seiner Frau. Jeder hatte etwas zu essen mitgebracht.

„Wir haben viele Dinge nicht aufklären können", meinte Gereon zu Ricardo.

Der schaute ihn an und meinte, „das stimmt, aber ist es nicht immer so. Sei zufrieden. Wir wissen, wie die Frau Augustus umgekommen ist und haben nebenher das Problem mit den Einbrüchen gelöst. Ein angemessenes Ergebnis."

Gereon nickte, „ja. Aber ist es nicht furchtbar, daß die unschuldigste Person bestraft wurde? In der Dunkelheit in der Höhle gefesselt, dann kam das Wasser. Die Schmerzen, ehe das Seil riß. Wie lange war sie bei Bewußtsein? Das muß furchtbar gewesen sein."

Ricardo hielt den Kopf schief und dachte nach, „ich denke schon das Brenda bestraft werden wird."

„Ja, natürlich. Aber es war kein Mord, sondern Totschlag und dies eher ein Unglück. Ich würde auf Entführung plädieren, alles andere sind höhere Gewalt."

„Das mag sein, vielleicht können wir noch einige aus der Kommune für die Einbrüche belangen. Wir arbeiten noch daran. Da sie ihren Sohn an den Priester verkaufen wollte, können wir nicht nachweisen."

„Ich meinte etwas anderes. Der Padre ist ein Pädophiler und bleibt unbestraft. Don Juan ist ein gewissenloser Geschäftsmann und bleibt unbestraft. Frau Augustus war eine unschuldige Geschäftsfrau, die in etwas hineingezogen wurde und jetzt tot ist."

„Du hast recht, es ist schade", meinte Ricardo und schlug leicht auf den Oberschenkel von Gereon, „aber ich glaube, Frau Augustus starb einen schnellen Tod."

Insgesamt konnte Gereon mit dem Urlaub zufrieden sein. Zwei Kriminalfälle waren gelöst worden. Er hatte zweimal interessanten Sex gehabt. Seine Frau hatte sich gut erholt. Pablo würde mit ihnen nach Deutschland reisen und eine Ausbildung bei Gérôme beginnen. Seine Söhne hatten viel erlebt und viel gelernt. Auch er hatte viel über sich gelernt, er mochte Sex mit Männern. Daraus würde er in Zukunft etwas machen.

Buchempfehlung

Wir hoffen, Dir hat dieses Buch gefallen. Weitere Bücher von Konstantin Zazula:

Gérôme

Bei Amazon als eBook oder Taschenbuch unter dem nachstehenden Link:

https://amzn.to/3cp9R1o

Leseprobe:

Er hörte den Polizeiwagen abfahren. Dann eine laute Unterhaltung zwischen Nachbarn. „Obdachlose", schnappte er auf. Einbrüche schienen immer wieder vorzukommen. Dann war Ruhe.

Aber Josef war nicht ruhig. Er setzte sich auf die Bank vor einer heruntergekommenen Laube, hinter einem ungeschnittenen Johannisbeerstrauch und lauschte. Dann stand er wieder auf, ging um die Hütte herum und suchte nach einem Fluchtweg.

Kein Werkzeug, um in die Laube zu kommen. Also zurück zum ursprünglichen Schlafplatz. Dort den Spaten entwendet und mit der Hilfe dieses verrosteten Dings, das wie ein alter Freund war, drückte er eine Scheibe ein. Vorsichtiger diesmal. In dieser Laube roch es feucht und gammelig. Keine Decke und kein Essen. Er würde sich der Polizei stellen müssen.

Die Nacht war hier voller Geräusche. Geflüsterte Stimmen, Motoren und quietschende Bremsen, Türenschlagen und Geraschel hinter der Hecke. Ein leises Stöhnen, voller Lust. Er mußte an Markus denken, wollte schon seinen Schwanz herausholen und sich von seinen Ängsten ablenken. Da ertönte Gelächter.

Er stand auf und ging zur hinteren Hecke. Hier war die Lücke, die er für die Flucht ausersehen hatte. Er drückte sich durch diese durch. Den Spaten fest in der Hand. Der Zaun war rostig und zerfiel unter seinen Schlägen mit der Schaufel. Dann stand er innerhalb von kniehohen Brennesseln. Licht war zwischen den Bäumen zu sehen. Vorsichtig ging er in diese Richtung und kam auf einen Parkplatz.

Dort waren Männer, die in Autos saßen und warteten. Einige gingen auf schmalen Pfaden in dem Wäldchen umher. Das hatte er gehört. Plötzlich stand ein dicker, alter Mann vor Josef. Er hatte die Hose halb heruntergelassen. Sein Schwanz stand halb steif in der Luft.

„Blas! Du Sau!", sagte der Mann.

„50 Tacken, Alter", sagte Josef.

Der Mann holte tatsächlich eine Geldbörse heraus und gab Josef zwei Zwanziger und einen Zehner. Dann ging Josef auf die Knie, legte den Spaten ab, und dachte daran, was er gelesen hatte, nachdem er nicht wußte, was er mit Rainers hartem Schwanz hätte machen sollen.

Nachdem sie beide festgestellt hatten, daß sie nicht wußten, was zwei Männer gemeinsam machen, hatte er im Internet recherchiert und dort alles, aber auch wirklich alles, erfahren. Auch das „Schwanz in den Arsch stecken", was Rainer bei ihm machen wollte. Aber noch etwas anderes. Es hieß Blasen, obwohl man saugte. Wie bei der Zigarre von Opa Röder.

Josef nahm den Schwanz des Mannes in den Mund und lutschte ihn. Er schmeckte, wie Urin riecht und Josef mußte würgen. Doch er hatte Geld bekommen, jetzt mußte er auch Leistung bringen. Das hatte er so von seinen Eltern gelernt, auch wenn diese sicher an einen respektableren Job gedacht hatten. Aber sie waren auch nicht davon ausgegangen, daß ihr Sohn zum Mörder würde.

Der Mann schob den Schwanz weiter in den Rachen hinein und keuchte. Josef würgte. Dann rief der Mann, „Schluck! Du Sau!", und kam in den Mund von Josef. Das Sperma schmeckte nussig, milchig, ein wenig bitter. Es lief aus dem Mund von Josef hinaus und er schluckte es runter und wischte den Mund mit der Hand ab.

Jetzt erst merke er, daß mehrere halbnackte Männer um sie herumstanden und ihre Schwänze wichsten. Sie hatten den Sex zwischen ihnen beobachtet. Einer der Männer trat näher heran. Er hatte einen Fünfziger in der Hand und auch ihm blies Josef den Schwanz. Die anderen spritzen ihn mit ihrem Sperma voll, ohne zu bezahlen. Josef hatte hundert Euro verdient.

Bausünden

Bei Amazon als eBook oder Taschenbuch unter dem nachstehenden Link:

https://amzn.to/3BBJX1U

Leseprobe:

„Wollen wir mal nicht hoffen. Auf jeden Fall habe ich daran gedacht, wie stolz ich bin, wenn meine Söhne bereit sind zu der Freundschaft zu Dir und zur Mitgliedschaft hier in einem schwulen Fitneßclub zu stehen. Da wollte ich selbst nicht feige sein. Ich wollte auch etwas für Dich tun.

Ich habe dann eine Weiterbildung in Berlin beantragt und genehmigt bekommen. Übernachtet habe ich im Gay-Nude-Rooftop. Ich war mega aufgeregt. Ein Abenteuer.

Du kennst die Lokation ja. Ich war zuerst abgeschreckt. Das Hochhaus ist schon etwas heruntergekommen und dann mit dem Aufzug ganz nach oben, die Treppen hoch bis zum Aufzugraum. Ich mußte an Leute denken, die irgendwo eingesperrt werden. So anonym, ich hatte nirgendwo die Adresse hinterlassen."

Gereon hörte, wie Gérôme schmunzelte, als er sagte, „es ist ein ehemaliger Partyraum oder Gemeinschaftsraum von diesem Haus."

Nach der Erläuterung durch Gérôme fuhr Gereon fort, „das sieht auch so aus, es ist nur ein großer Raum. Ich kam mir sehr exponiert vor."

„Soll auch so sein", war Gérômes leiser Kommentar.

„Egal, ich habe mich nun mal ausgezogen und so getan als wäre ich in einer Sauna. Das war überhaupt nicht schlimm. Wegen der scheiß Bahn war ich natürlich erst verspätet dort. Es war Zeit für die Bettruhe, wie in der Jugendherberge und der Besitzer teilte mir die Hälfte seines Doppelbettes zu."

Da lachte Gérôme laut, „ich sage doch Du bist heiß. Das macht Uwe nur, wenn er etwas von einem will und er schaut doch auch relativ gut aus."

„Na ja, ein wenig alt", meinte Gereon dazu nur, „er ist bestimmt 50. Gut, ich gebe zu, schlank und nicht häßlich. Auf jeden Fall habe ich dann doch überraschend tief geschlafen.

Der nächste Tag war unspektakulär, mit meiner Weiterbildung. Ich bin mit den Kollegen noch etwas essen und trinken gegangen. Dann wieder zum Rooftop.

Das war ziemlich voll dort, die Jungs waren alle cool drauf und es war sehr entspannt. Ich bin dann auch bald wieder ins Bett und habe gedacht, wie gehst Du weiter vor? Dafür mußt Du den Abend dort verbringen."

„Mehr Details bitte", rief Gérôme herüber.

„Was für Details? Es war noch nichts passiert. Warte ab.

Ich habe am nächsten Tag also dafür gesorgt, daß ich zeitig wieder im Rooftop bin. Ich hatte ein Sixpack Bier gekauft und es mir auf dem Sofa bequem gemacht. Gemeinsam mit Uwe was getrunken.

Die anderen Typen lagen auf dem Boden und schauten doch tatsächlich einen Porno. Während mir Uwe immer näherkam.

Ich habe das Gespräch auf Dich gelenkt, daß Du die Pension empfohlen hättest und er war ganz begeistert von Dir und hat mich doch tatsächlich gefragt, wie ich den Sex mit Dir finden würde!"

Über den Autoren

Das Œuvre des deutschen Autoren Konstantin Zazula umfaßt Romane und Kurz(e)geschichten unterschiedlichster Gattung. Typischerweise ist der Protagonist schwul und die Handlung ist entsprechend in die Gay-Community eingebettet. Seine Bücher beinhalten sexuell eindeutiges Material mit homosexuellen Handlungen. Die Bücher sind daher nur für Leser im legalen Alter geeignet.

Konstantin Zazula wurde am 18.01.2002 geboren und ist mit einem bekannten Schauspieler verheiratet.

Mehr Informationen unter:

www.konstantin-zazula.com

Newsletter unter:

www.konstantin-zazula.com/newsletter